내 마음의 간이역
ⓒ 들녘미디어 2002

| 초판 1쇄 발행일 | 2002년 1월 5일

| 지은이 | 파질 압둘레비치 이스깐데르
| 옮긴이 | 장시기
| 펴낸이 | 이정원
| 펴낸곳 | 도서출판 들녘미디어

| 등록일자 | 1995년 5월 17일
| 등록번호 | 10-1162
| 주소 | 서울시 마포구 합정동 366-2 삼주빌딩 3층
| 전화 | 마케팅 02-323-7849 | 편집 02-323-7366
| 팩시밀리 | 02-338-9640
| 홈페이지 | http://www.ddd21.co.kr

값은 뒤표지에 있습니다. 잘못된 책은 구입하신 곳에서 바꿔드립니다.
ISBN · 89-86632-68-3 (04890)
     89-86632-66-7 (세트)

내 마음의 간이역

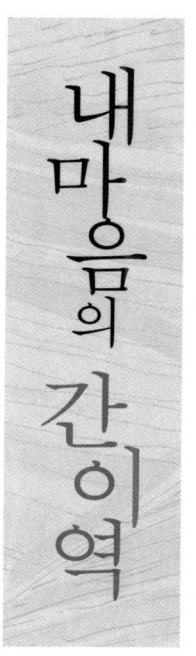

내 마음의 간이역

파질 이스깐데르 지음 | 장시기 옮김

들녘미디어

우정은 시험을 통해 확인할 수 있는 신용이 아닙니다.
그것은 어떠한 시험 이전에 이미 존재하는
상대방에 대한 지극한 신뢰감입니다.
동시에 곁에 있는 사람을 정신적으로 충만하게 해주는 행복이고, 기쁨입니다.

차 례

 나의 우상 · 7

 수탉 · 48

 돈 빌리는 사람 · 64

 어느 여름날의 이야기 · 99

 코도르 강 상류의 송어낚시 · 166

 나의 이야기 · 209

편집자의 군말 · 229

나의 우상

그는 내 앞자리에 앉아 있었다. 수업하는 동안 나는 그의 뒷머리와 어른같이 넓은 어깨를 보며 경탄해하곤 했다. 그가 좋아지기 전부터 내 맘에 들었던 것은 그의 견실한 뒷모습이었다.

그가 내 잉크병에 펜을 찍으려고 돌아앉을 때 나는 크고 오똑한 코, 진하고 촘촘하게 짜인 눈썹, 그리고 차가운 회색 눈이 만들어낸 그의 인상을 자세히 볼 수 있었다.

말안장에 올라앉아 행군하는 부하들을 살피려고 뒤돌아보는 장교처럼 그는 항상 느긋한 자세로 몸을 돌렸다. 그때마다 그는 나를 이해한다는 듯한 미소를 짓곤 했다. 언제나 내 시선을 느끼고 있으며, 내 마음을 잘 알고 있다는 것을 알리는 미소였다.

그밖에도 그의 미소에는 두 가지 뜻이 더 담겨 있었다. 내가 품고 있는 호감을 좀더 조심스럽게 표현해달라는 것과, 커다란 두개골 외에도 다른 장점들을 갖고 있으니 뒷머리에 대한 경탄을 절제하는 게 좋겠다는 의미였다.

그의 움직임 속에서 나는 열셋, 혹은 열네 살의 소년에게서 찾을 수 없는 강인함을 느꼈다. 그것은 공부벌레들이나 그들에게 아첨하는 부류가 만들어낸 거짓된 강인함이 아니라 어른들에게서나 찾아볼 수 있는 강인함이었다.

진정한 의미의 강인함을 갖춘 인간은 움직일 때마다 항상 주위 사람들보다 돋보이는 뭔가를 갖고 있다.

손님이 와 있는 방 안으로 그런 사람이 들어섰다고 상상해보자. 먼저 그 사람은 갑자기 방으로 들어와 자리를 차지하고 앉는다. 그리고 잠시 동요하는 손님들에게 자연스러운 손동작으로 편안히 앉아 있으라고 권한다면 방 안의 분위기는 어떻게 될까?

그때 가장 뚜렷한 그 방 안의 특징은 흘러넘치는 그의 육체적 힘이 그 손동작에 대단한 무게를 부여한다는 점이다. 그는 돌아보지 않고도 동요하는 손님들을 제자리에 가만히 앉아 있도록 만든다. 그 순간부터 손님들은 육중한 무게를 지닌 그의 손짓에 갑자기 타협적으로 변해버린 자신이 얼마나 도덕적으로 경박하고 불안한가를 깨닫게 될 것이다.

뒤이어 그의 손이 다정하고도 유연하게 움직이는 동안에도 손님들은 굳은 표정으로 자리에 앉아 있게 된다. 그러다가 뒤늦게 반갑다는 듯(반가움의 표현이 조금 늦은 것을 얼버무리려고 과장된 몸짓으로) 자리에서 벌떡 일어나 다른 손님들과 마찬가지로 호들갑의 대열에 동참한다. 그런 후 손님들은 그의 손 움직임에 복종하는 다른 사람들과 마찬가지로 다시 조용히 자리에 앉는다. 이럴 때 그의 모습은 이렇게 말하는 것 같다.

'동료 여러분, 아주 좋습니다. 그럼 전 이제 한쪽 구석에 가서 조용히 앉겠습니다.'

손님들은 저마다 중얼거리며 넌지시 이런 암시를 주고받는다.

'저 사람은 굉장한 사람이야!'

그러면서 손님들은 자기가 손수 만들어낸, 메마른 행복감에 젖어든다.

이런 상황을 유도할 수 있는 사람이 진정한 강인함의 소유자가 아닐까! 그는 이와 같은 강인함을 지녔다. 말하자면 그는 모든 움직임 속에서 자신의 넘쳐흐르는 육체적 힘을 분명히 인식하고 있었다.

때문에 그는 나의 우상이었다. 하지만 이런 힘은 그가 제 또래 이상으로 근육이 발달한 결과이지, 어른들한테서 보는 것처럼 권위의 표정이 우러나기 때문은 아니었다.

그렇다. 나의 우상은 우리 반뿐 아니라 우리 또래가 알고 있는 세계에서 누구보다 강인했다. 그러나 처음 그를 대하면 특별한 점은 눈에 띄지 않는다. 옹골차다는 점만 빼면 그는 결코 큰 체격 축에 들지 못했다.

"그건 담배 때문이야. 난 담배를 피우기 때문에 키가 자라지 않아."

쉬는 시간, 그는 집에서 만든 시가를 내보이며 이렇게 말하곤 했다. 그것은 자신의 방종 때문에 천벌을 받았다는 소리로도 들렸다. 비록 작은 키가 죄악에 대한 벌이라 하더라도, 그는 여전히 담배를 피우기 위해 화장실로 가곤 했다.

우리는 같은 동네에 살았다. 그의 이름은 유라 스타브라키디로, 페인트공의 대가족 중에서 막내아들이었다. 그는 아버지를 도와 일했고, 특히 여름에는 항상 아버지와 함께 있었다. 페인트공의 맏아들은 지식인이 되는 과정을 밟고 있었다. 이미 어른이 된 맏아들은 작년에 공업기술대학에 들어갔다. 그는 넥타이 차림으로 몇 시간 동안 국제정치에 대해 이야기할 수 있는 사람이었다. 사람들은 유라와 그의 아버지가 페인트를 칠함으로써 맏아들이 지식인이 되는 영예를 얻도록 도와주고 있다고 말했다. 그러나 이따금씩 맏아들도 넥타이를 풀고 옷을 갈아입은 다음 페인트 솔을 들고 아버지와 동생을 따라 일하러 나갔다.

저녁때 일터에서 돌아온 맏아들은 마당에서 오랫동안 몸을 씻었다. 유라는 옆에서 형의 몸에 물을 부어주었다.

당시 국제적인 대사건들을 토론하고자 하는 사람들이 그의 집 마당 구석에 모이는 경우가 많았다.

유라의 형은 몸을 씻는 도중에도—토론을 중단하면 몸을 씻고 식사까지 할 수 있었을 텐데—앞뒤에 있는 사람들과 온갖 국제정치에 관해 이야기를 주고받았다. 그 때문에 씻는 시간이 한없이 늘어져 유라를 기다리는 나를 참을 수 없는 지경으로 몰고 가기도 했다.

사실 그도 이런 류의 대화에 굶주려 있었던 게 분명했다. 왜냐하면

페인트를 칠하는 동안 자신의 아버지와 아무런 이야기도 나누지 못했을 것이 뻔했기 때문이다. 한평생 그의 아버지는 빈 벽과 마주 대하며 페인트공으로 살아왔다. 그 일은 그의 대화능력을 송두리째 빼앗은 게 틀림없었다.

평생 동안 그는 수많은 벽에 페인트칠을 하며 묵묵히 살아왔다. 자식을 낳고 키울 때도 그는 수선스럽지 않고 늘 과묵했다. 자식이 늘어날수록 그는 더 많은 벽에 페인트칠을 해야 했다. 때문에 그는 대화할 시간이 더더욱 줄어들었다.

남는 시간에도 그는 페인트를 반죽해 하얗고 깨끗한 색깔을 만들어내야 했다. 그런 그에게 무슨 대화할 시간이 남아 있었을까.

그의 삶의 방식대로라면, 큰소리나 치고 헛소리만 남발하는 정치가들을 죄다 데려와 입과 귀와 눈을 시멘트로 봉하고, 머리부터 발끝까지 페인트칠을 할 수도 있었다. 마치 회반죽으로 만든 공원의 동상처럼 귀머거리에다 벙어리, 장님으로 만드는 것이다. 아니면 정치가들을 벽으로 만들어 어딘가에 세워둘 수도 있을 것이다. 그런 다음 그 벽에다 페인트칠을 할 것이고, 누군가가 페인트칠을 지우지 않는다면 살아 있는 동안 그들이 숨겨져 있는 곳을 절대 찾아낼 수 없게 될 것이다.

고생으로 찌든 늙은 노동자의 우울한 얼굴에는 이런 식의 상념이 그대로 쓰여 있었다. 전쟁이라는 거대한 고통과 혼돈을 겪은, 찌들대로 찌든 그의 얼굴에서 사람들은 그의 상념을 여실히 읽어낼 수 있었다. 그것은 수도원의 '프레스코화'(젖은 회벽에 물감으로 그림을 그리는 화법)처럼 그의 얼굴에 생생하게 드러났다.

불행히도 당시에는 우리나 유라의 형, 그리고 국제적인 사건의 토론에 참여했던 어느 누구도 이런 점을 인식하지 못했다. 반면 유라의 형은 집단적인 안전, 바티칸(로마 교황청)의 음모에 관한 문제, 혹은 그와 비슷한 문제가 제기되면 빵 없이도 살아갈 수 있는 사람이었다.

나는 그가 몸을 씻거나 옷을 갈아입기도 전에 모든 문제에 대해 견해를 피력하는 것이 언제나 못마땅했다.

때때로 그는 세수를 하는 동안 물소리 때문에 사람들의 이야기를 알아듣지 못했다. 그러면 다시 사람들에게 방금 전에 말한 논제가 무엇인지 되묻곤 했다. 이럴 때 그는 손으로 물을 뜨다가도 갑자기 동작을 멈추었다. 그 사이 물이 손가락 틈으로 다 빠져나갔는데도 그는 전혀 눈치채지 못했다. 심지어 물이 없는 빈손으로 자기 얼굴을 세차게 문지르기도 했다. 그리고는 마당 가득 논객들이 운집한 것과 방금 벌어진 우스꽝스런 일이 전적으로 유라의 책임인 양 못마땅한 눈초리로 동생을 바라보았다.

얼굴에 잔뜩 비누칠을 한 채 그는 자기 말이 잘못 받아들여지고 있는 것에 화를 내는 경우도 있었다. 사실 그가 화를 내는 것은 비누 거품이 눈을 따갑게 했기 때문이었다. 비눗물이 눈에 들어가지 않았다면 그는 얼굴은 물론 목 뒤에 묻어 있는 비누 거품이 모두 사라질 때까지 계속 이야기를 늘어놓을 사람이었다.

그는 목 뒤에 묻은 비누 거품을 없애려고 물 부을 지점을 유라에게 지적해주었다. 유라가 물을 부어주는 동안 사람들은 허수아비처럼 주위에 빙 둘러서서, 물이 뚝뚝 떨어지는 얼굴을 들고 그가 대답해줄 때까지 멍청하게 기다렸다.

수건으로 얼굴을 닦는 동안에도 그는 계속 이야기했다. 심지어 셔츠를 입으면서도 질문하고 답했다.

때로 그 일은 사람들의 웃음거리가 되었다. 셔츠에서 머리를 꺼내기도 전에, 마치 그의 말이면 우리가 뭐든 이해할 것처럼 그는 옷 속에서 뭐라고 증얼거리기도 했다. 제 얘기에 도취되어 목 단추를 풀지도 않고 옷을 입고는 머리를 꺼내지 못해 버둥거리는 것이다. 그럴 때면 자기 스스로 목 단추를 푸는 법이 없었다. 이 애물단지는 유라가 목 단추를 풀어줄 때까지 갓난아이처럼 기다리고 서 있었다. 혼자 단추를 풀지도 못하면서 그는 텐트 속에 머리를 처박은 우스꽝스러운 모습으로 끊임없이 재잘거렸다.

그는 학교에서 우리의 사진을 찍어주던 머저리 같은 사진사와 아주 흡사했다. 머리 위로 검은 수건을 끌어내린 사진사는 우리가 이해할 수 없는 소리로 중얼거렸다. 어쩌다 그 소리를 알아듣더라도 우리는 딴청을 부렸다. 우리는 그런 사람의 말을 무시하는 게 당연하다고 생각했다. 도대체 누가 두건을 썼다 벗었다 하며 앞에 앉은 사람들을 성가시게 만드는 사진사를 좋아하겠는가?

유라의 형도 이와 비슷했다. 유일하게 다른 점은 머리를 밖으로 꺼내는 데 유라의 도움을 받는다는 점이었다. 셔츠에서 머리를 꺼낸 다음 그는 셔츠 자락을 내리면서 친구들 쪽으로 걸어갔다. 천만다행으로 셔츠를 똑바로 내리는 것만큼은 혼자 힘으로 했다.

그때쯤 유라의 어머니가 현관에 나타나 저녁식사 준비가 끝났다며 희랍어로 소리치곤 했다. 하지만 맏아들은 그 말도 무시한 채 사람들을 향해 한없이 재잘대기만 한다. 그러면 유라의 어머니는 욕설을 퍼부으며 제발 '재잘재잘대는 동맹회의'를 그만두라고 소리친다.

이 표현을 그녀가 최초로 만들었다는 사실이 나는 도저히 믿어지지 않았다. 하지만 '재잘재잘대는 동맹회의'란 표현은 오늘날까지 우리 동네에서 내용 없이 떠벌리기만 하는 짓을 일컫는 유명한 말이 되어버렸다.

한때 이 표현은 나를 무척 의아하게 만들었다. 그것은 정확하게 이해되지 않는 불완전한 소리로 들렸다. 그 표현은 너무 많은 것을 한꺼번에 함축하는 바람에 느슨한 봉투 속을 떠돌아다니는 어떤 내용물 같았다. 그러나 훗날 나는 이 떠돌아다니는 내용물이 정확한 표현의 가장 고상한 형태라는 걸 새삼 깨달았다. 왜냐하면 실제적인 현상 속에서도 하나의 표현이 함축하고 있는 개념은 정확히 맞아떨어짐 없이 그저 떠돌아다닐 뿐이기 때문이다.

다행히도 시간이 지나면서 유라의 형이 아버지 일에 참여하는 경우가 뜸해졌다. 따라서 나는 유라를 기다리는 동안 그들이 함께 몸 씻는 일을 참고 견디지 않아도 되었다.

고단한 삶에 찌든 유라 아버지의 모습은 여전했다. 그의 얼굴은 이제 막 페인트로 칠한 듯 하얀 수염으로 덮여 있었다. 윗옷을 벗은 유라는 하얀 페인트가 범벅된 어깨 위에 기다란 페인트 솔을 걸치고 아버지 옆에서 걸었다. 노을이 질 무렵, 늙은 아버지와 함께 일터에서

돌아오는 그는 어린 헤라클레스처럼 당당해 보였다.

몸을 씻고 저녁을 먹은 후면 그는 곧장 밖으로 달려나왔다. 그는 여전히 윗옷을 벗은 채 여기저기를 돌아다녔다. 그는 어둠이 드리운 현관 계단에 앉아 그날 아버지와 함께 일터에서 겪은 이야기를 친구들에게 들려주었다. 그의 양손은 일에 지쳐 무릎 위에 공손히 놓여 있었고, 얼굴은 피곤에 절어 창백했다. 나는 그의 고단한 이야기를 들으면서도 그 자신과 근육이 여전히 옛 모습을 유지하고 있는 것에 안도했다.

일꾼들에게 식사를 잘 대접할 줄 아는 고용주를 만났을 경우, 유라는 아버지와 자기가 얼마나 많은 음식을 제공받았고, 자기가 얼마나 많은 음식을 먹었으며, 그래서 아버지와 자기가 고용주의 마음을 흡족하게 해주려고 얼마나 열심히 일했는지를 장황하게 늘어놓았다.

여름방학 동안 유라는 시골에 있는 희랍 친척집을 방문하곤 했다. 집으로 돌아오면 그는 그곳에서 어떻게 생활했고, 뭘 먹었으며, 또 그것을 얼마나 많이 먹었는지에 대해 자세하게 이야기해주었다.

"나는 쩨벨다에서 백 킬로그램이나 되는 짐을 지고 여섯 시간 내내 걸었어."

이 말은 그가 항상 이야기 끝에 덧붙이는 새로운 정보였다. 그것은 그의 놀랄 만한 운동량에 관한 것이었다.

"쩨벨다에서 그 무거운 짐을 지고 계속 걸었단 말야?"

깜짝 놀란 목소리가 친구들 사이에서 튀어나왔다. 유라가 이야기할 때면 놀라움을 표시하는 목소리는 항상 있게 마련이었다.

"물론이지."

그리고 유라는 이렇게 덧붙였다.

"나는 길을 걸으면서 빵 열 개와 버터 1킬로그램을 먹었어."

"유라, 어떻게 버터를 1킬로그램이나 먹을 수 있지?"

방금 전 놀라움을 표시한 아이가 다시 물었다.

"그건 시골 버터야. 희랍 사람들이 먹는 버터는 우리가 먹는 버터와 달라. 먹을 줄 아는 사람은 빵 없이도 버터를 먹어."

놀랄 만한 육체적 힘말고도 그는 우리와 다른 것이 있었다. 지금에야 나는 그것이 운동신경이라는 걸 알았다. 그의 운동신경은 놀랄 만큼 잘 발달되어 있었다. 그는 자신의 운동신경을 전혀 예상치 못했던 곳에서 우리에게 보여주곤 했다.

그가 처음 자전거를 탈 때의 이야기는 너무나 잘 알려져 있다. 누군가가 뒤에서 자전거를 잡아주자 그는 핸들을 잡고 딱 한 번 비틀거렸다. 그후로는 별다른 실수 없이 유연하게 자전거를 타고 돌아다녔다.

해변에서도 그의 놀라운 운동신경에 관한 일화가 있었다. 무슨 이유에선지 그때까지 유라는 수영을 한 적이 없었다. 그는 상당한 모험심을 가진 아이였지만 물은 그다지 좋아하지 않는 것 같았다. 그는 물 위에서 몸이 뜨는 방법을 알고 있었고, 개헤엄쯤은 할 수도 있었다. 그러나 그것도 잠깐뿐, 곧 발이 닿는 해변으로 걸어나오곤 했다. 그것은 그가 해안지역이 아닌 산악지대에서 자랐기 때문일 수도 있고, 고대古代에 살았던 우리 선조처럼 서서 걸어다니는 것만 좋아했기 때문일 수도 있었다. 하여튼 그를 깊은 곳으로 끌어들이기는 쉽지 않았다. 그는 오륙 미터쯤 헤엄치다가 땅과 좀 멀어졌다 싶으면 곧장 해변으로 되돌아왔다.

그에 비해 나는 몇 시간 동안 물 속에 머물러도 전혀 지겹지 않았다. 나로서는 그가 바다에 대해 과잉반응을 일으키는 게 불만스러웠다.

어느 날, 나는 온갖 방법으로 그를 유혹해 함께 수영장에 가게 되었다. 우리는 함께 옷을 벗고, 50미터 길이의 수영경기 레인이 있는 출발대로 갔다. 많은 사람들이 옷을 벗고 한껏 멋을 부리며 수영장 주위를 돌아다니고 있었다. 무릎까지 내려오는 반바지를 입은 유라는 그들 속에서 전혀 어울리지 않는 이방인처럼 보였다.

나는 기어서 물 속에 들어가려는 그에게 멋지게 다이빙해보라고 권했다. 그러면 깊은 물 속에서도 수영할 수 있도록 현대식 수영법을 가르쳐주겠다고 설득했다.

유라는 물 속으로 뛰어들었다. 하지만 내 기대와 달리 그의 몸이 제일 먼저 물에 닿은 곳은 머리가 아닌 발이었다. 물 위로 나왔을 때 그의 얼굴에는 새로운 시도에 대한 당혹감과 도전에 대한 용기가 한꺼번에 뒤섞여 있었다. 나는 그때 그의 표정을 결코 잊지 못한다. 그것은 한밤중에 잠자리에서 뛰어나와 공기총을 움켜쥐는 사냥꾼의 표정과 다를 바 없었다.

물귀신이 잡아당기지 않는다는 사실을 확신한 그는 반대편 끝으로 수영을 하며 나아갔다. 그는 딱딱하게 굳은 자세로 팔을 들어 힘차게 물을 내리쳤다. 뒤따라오는 사람들을 자신이 인도하겠다는 듯 사납게 얼굴을 좌우로 내두르며 수영을 했다.

잠시 후 나는 그를 좇아 물 속으로 다이빙해 들어갔다. 좀더 수영을 잘하려면 얼굴을 좌우로 흔들지 말라고 주의를 줘야 할 것 같았다.

나는 천천히 그를 따라잡을 셈이었다. 나는 단숨에, 숨을 쉬려고 물 위로 나오지 않고도 쉽게 그를 앞지를 수 있을 거라고 생각했다.

물에서 머리를 들어올리자 수영경기 레인이 바로 옆에 있었다. 하지만 그곳에서 숨을 헐떡거리고 있어야 할 유라는 보이지 않았다. 뜻밖에도 그는 저만치 거리에 앞서가고 있었다. 우리 사이의 거리는 좀처럼 좁혀지지 않았다. 그는 여전히 머리를 이리저리 도리질하며 획획 앞으로 나아갔다.

나는 가슴을 앞으로 내밀고 두 다리로 결심히 물을 휘저으며 팔을 내둘렀다. 그러나 아무리 애써도 벌어진 간격은 좀처럼 좁혀지지 않았다. 나는 당황하여 더욱 발버둥쳤다. 그의 머리는 팔을 내뻗는 쪽으로 끊임없이 돌아갔다. 두 눈은 오른쪽 어깨 너머를 쳐다보았다가 다시 왼쪽 어깨 너머로 막 옮겨가고 있었다.

마침내 그를 따라잡았을 때는 그는 수영장 난간을 붙잡고 휴식을 취하고 있었다.

"근데 말야, 내가 어떻게 여기까지 헤엄쳐왔지?"

그가 내게 물었다. 나는 그의 회색 눈을 유심히 들여다보았다. 그러나 그의 두 눈에는 농담하는 조짐이 전혀 보이지 않았다.

"아주 잘했어. 하지만 머리를 좌우로 너무 돌리진 마."

나는 헐떡거리는 내 모습을 보여주지 않으려고 애쓰면서 말했다.

내 말에 대한 대답으로, 그는 목을 한 번 쓰다듬고는 다시 조용히 반대편으로 헤엄쳐갔다. 나는 묵묵히 그를 바라보았다. 재미있는 것은 그가 여전히 머리를 좌우로 움직인다는 점이었다. 나는 그의 머리 동작을 보느라 물 속에서 움직이는 그의 팔과 다리를 전혀 보지 못했다.
　서툴렀지만 그는 나름대로 힘차게 앞으로 헤엄쳐갔다. 곧게 뻗은 목과 어떤 것에도 굴하지 않을 듯한 머리가 물 위로 자랑스럽게 튀어올랐다. 그제야 나는 땅에서나 물에서나 절대 그를 따라잡을 수 없다는 사실을 분명히 깨달았다.
　나는 이 새롭고도 단순한 명제가 오히려 즐거웠다. 덕분에 나는 그를 향한 어떤 식의 질투심도 극복할 수 있었다.
　나의 확신은 더욱 굳어졌다. 물에서 거둔 그의 승리는 내가 숭배의 대상을 얼마나 올바로 선택했는지를 다시 한 번 입증시켜주었다.

　우리 동네에서 그리 멀지 않은 곳에 크고 오래된 공원이 있었다. 그곳에 몇 가지 운동시설이 설치되었다. 기계체조를 할 수 있는 기구들, 이를테면 철제 기둥, 링, 밧줄, 그리고 커다란 평행봉 따위였다. 유라는 우리 앞에서 이 기구들을 자유자재로 갖고 놀았.
　나의 우상은 강하고 민첩할 뿐만 아니라 우리 중에서 가장 용감했다. 실제로 나는 그가 연출하는 아찔한 순간을 여러 번 목격했다.
　그는 밧줄을 타고 철제 기둥 끝에 있는 가로대까지 기어올라가 잠시 동안 그곳에 걸터앉았다. 심지어 양손을 펼친 채 그 높은 곳에 한참 동안 서 있기까지 했다. 그런 묘기에 능숙해지자 마침내 그는 기

적 같은 용기를 우리에게 보여주었다.

　우리는 잠시 숨을 죽이고 그를 올려다보았다. 그는 하늘 높이 설치되어 있는 가로대를 좌우로 흔들기 시작했다. 가로대가 그의 몸과 함께 좌우로 움직였다. 가로대를 지탱하고 있는 철제 기둥은, 사람들이 거기에 매달린 기구들을 끊임없이 사용한 결과 낡고 약해진 상태였다. 가로대를 움직이면 모든 구조물이 함께 흔들거렸다.

　구조물이 움직이자 잠깐 동안 그는 우뚝 멈추어 섰다. 그리고는 정확하고 재빠른 동작으로 가로대를 따라 끝에서 다른 쪽 끝을 향해 달렸다. 불과 몇 초 만에 그의 몸은 다른 쪽 끝에 이르렀다. 그가 가로대 위를 내달린 탓에 구조물 전체가 심하게 요동쳤다. 밑에서 바라보던 우리는 그가 균형을 잃고 밑으로 곤두박질치지 않을까 마음이 조마조마했다. 하지만 항상 그랬듯이, 그는 기적을 만드는 사나이처럼 그곳에서 자세를 똑바로 하고 서 있었다.

　허공에 떠 있는 가로대의 폭은 손바닥보다 좁은데다 운동기구들을 고정시키는 나사못이 비죽비죽 튀어나와 있었다. 그곳을 횡단하려면 균형을 잡는 것 못지않게 나사못에 발이 걸리지 않도록 조심해야 했다. 그런 난관들을 유라는 순식간에 극복해버렸다.

　그가 철제 기둥에 매달린 밧줄을 타고 아래로 내려서자 비로소 우리는 안도의 한숨을 내쉬었다. 나의 우상이 되어버린 이 영웅은 관객들을 놀라게 하는 데 실패한 적이 없었다. 게다가 최대로 위험한 조건을 조성해놓고야 자신의 모험을 완수했다. 가로대 위를 그냥 걷는 것조차 우리 같은 아이들에겐 위험천만했다. 그런데 그는 한술 더 떠

가로대를 움직여놓고 아예 그 위를 뛰어다녔다.

언젠가 나도 이 고공高空 모험을 시도해보려고 굳게 벼르고 있었다. 어느 날, 나는 친구들이 아무도 없는 시간을 택해 밧줄을 타고 올랐다. 밧줄에 매달려 올려다본 가로대는 그렇게 높아 보이지 않았다. 그러나 손에서 밧줄을 놓고 가로대에 첫발을 내딛는 순간, 나는 엄청나게 높은 고공에 보호장치도 없이 혼자 서 있다는 것을 깨달았다.

나는 엉덩이를 쭈그리고 앉아 양손으로 가로대를 움켜쥐었다. 아직까지는 구조물이 움직이지 않고 조용히 숨만 내쉬었다. 마치 잠자는 사자의 등에 앉은 것처럼 아슬아슬했다. 나는 사자의 숨소리를 들으며 그것이 혹시 깨어날까봐 몹시 떨었다.

마침내 나는 천천히 몸을 일으켰다. 그리고 아래를 내려다보지 않으려고 애쓰면서 앞으로 한 발짝을 떼어놓았다. 이어 뒤처진 발을 방금 내디딘 발 쪽으로 질질 끌어당겼다. 시설물들이 발 밑에서 조용히 움직였다. 눈앞에 나 있는 좁은 통로에는 나사못이 사자의 이빨처럼 튀어나와 있었다.

또다시 나는 한 발짝을 떼어놓고는 조심스레 다른 발을 끌어당겼다. 그러나 방금 한 동작이 조심스럽지 못했다. 갑자기 시설물들이 발 밑에서 살아 움직이며 기지개를 켰다. 나는 균형을 잡으려고 애쓰면서 얼어붙듯이 아래쪽을 내려다보았다.

바닥에는 솔잎이 수북히 쌓여 있었다. 빨갛게 흙이 노출된 부분이 헤엄치듯 조용히 움직였다.

'더 늦기 전에 내려갈까?'

나는 조심스레 뒤를 돌아보았다. 방금 출발한 가로대의 끝은 아주 가까웠다. 그러나 이처럼 좁은 가로대 위에서 돌아선다는 것은 앞으로 나아가는 것보다 훨씬 더 위험했다.

올가미에 걸린 짐승처럼 나는 어쩔 줄 몰라했다. 가로대에 걸터앉아 조심스럽게 돌아서든지, 아니면 계속 앞으로 나아가든지 결정을 내릴 수밖에 없었다. 몸은 뻣뻣하게 굳어 있었지만, 내면에서 솟아나는 어떤 힘이 부끄럽게 후퇴하지 말라고 끊임없이 부추겼다.

용기를 내어 다시 앞으로 나아갔다. 때때로 균형을 잃어 눈앞이 아찔한 순간도 있었다. 언젠가 떨어지느니 차라리 지금 뛰어내리는 편이 낫겠다는 생각도 들었다. 그러나 나는 스스로를 채찍질하며 조금씩 앞으로 나아갔다.

마침내 가로대 끝에 안착했다. 이제 나는 이 짜릿한 기쁨이 나를 아래로 떠밀지 않을까 두려워졌다. 허리를 구부린 채 나는 양팔로 철제 기둥을 꽉 껴안았다. 그러자 앞뒤로 흔들리던 구조물이 조금씩 진정했다.

물론 나는 이 조그마한 모험을 비밀로 묻어두지 않았다. 유라는 나를 유심히 노려보다가 축하인사를 해주었다. 그뒤로 나는 여러 번 다른 사람들에게 그 묘기를 보여주었다. 그러나 그때마다 두려움은 조금도 줄어들지 않았다. 이후로 나는 이 강렬한 두려움을 극복하겠다는 생각에 골몰했고, 나중에는 그 두려움을 극복하겠다는 생각까지 말끔히 벗어버릴 수 있었다.

어떤 행동이든 그 최초의 두려움은 매우 강력하다. 마치 땅이 갈라진 구렁텅이로 들어서서 앞이 내다보이지 않는 공포를 향해 걸음을 옮기는 것과 같다. 때로 최초의 두려움은 우리에게 짜릿한 쾌감을 선사한다. 우리가 이런 두려움을 극복했다고 위험에 대한 의식이 말끔히 사라지는 것은 아니다. 다만 이 두려움을 자주 체험하다 보면 이전에 무한하다고 생각했던 공포에도 그 한계가 있다는 것을 발견하게 된다. 이 공포에 대한 한계를 자각하고 있는 사람은 죽음에 대한 두려움을 제거할 수 있는 가장 훌륭한 방법들을 다른 사람에게도 보여줄 수 있다.

이후로 몇몇 친구들도 가로대 위로 걸어가는 방법을 터득하고야 말았다. 그러나 나를 포함해 어느 누구도 그 위에서 뛰어가려고 시도해본 사람은 없었다. 그런 일은 선택된 소수만 할 수 있었다. 단지 우리는 은밀한 상상 속에서만 그 모험을 반복해 시도할 수 있을 뿐이었다.

물 위를 걸어가는 예수 그리스도의 모습 속에서 중세 종교재판소의 허풍이 어느 정도 끼어 있음을 눈치챌 수 있다. 우리가 인식할 수 있는 것은, 하나의 기적을 매개로 종교가 사람들을 불러모은다는 사실이다. 예수가 어부들의 눈앞에서 해변에 있는 모래를 황금 동전으로 바꾸었더라면 결과는 오히려 더 성공적이었을지도 모른다.

예수가 물 위를 걸었다는 것은, 그가 영적인 존재였기 때문에 보통 인간으로서 극복해야 할 문제가 전혀 없었다. 따라서 이러한 기적은 새삼스러울 게 없다. 아니면 사람의 눈에 보이지 않는 절대 신의 가느다란 줄이 그를 떠받쳐 그런 일이 가능했을지도 모른다. 어쨌든 예수가 연출한 모든 행위의 목적은 가장 겸손한 권위를 간직한 채 신성한 방식으로 물 위를 걸음으로써 제자들을 집회 장소의 연단에 오르도록 고무하는 것이었다.

우리의 주인공 유라는 이와 달랐다. 그는 빗장걸이 위에 서 있었다. 그는 영웅적인 모험, 즉 신이 아니라 인간이 만드는 기적을 위해 오랫동안 준비했다. 그의 모든 형상, 이를테면 호전적으로 돌진하는 모습, 스프링처럼 튀어오르는 두 다리의 민첩성, 그리고 얼굴에 내비치는 집중력, 이 모든 것은 그의 내면에 용기와 두려움이 끊임없이 교차하고 있다는 것을 분명하게 보여주었다. 철제 구조물 위를 사뿐히 내닫는 그의 모습은 올림포스 승리의 여신女神처럼 얼마나 신선했던가!

우리 앞에서 그는 자신의 몸을 가로대의 한쪽 끝에서 다른 쪽 끝으로 돌진시켰다. 이 광경은 거부하는 말을 몰고 거품이 들끓는 계곡의 급류를 가로지르는 용감한 기수騎手의 모습과 흡사했다. 우리 모두는 그의 모습이 무척 아름답다고 생각했다.

어느 날, 유라는 학교 매점을 털자고 내게 제안했다. 그런 일을 한 번도 해본 적이 없었지만 나는 별 생각 없이 찬성했다. 엄밀히 따지면, 매점은 학교가 아니었으므로 별다른 양심의 가책을 느끼지 않았다.

매점을 털자는 제안은 그날 낮에 배달된 소시지 때문이었다. 그 소시지가 지금 매점에 있다는 소문은 믿을 만한 소식통에 의한 것이 었다.
 계획은 단순했다. 매점에 침입해 소시지를 먹어치우고, 계산대 위에 있는 동전을 털어 도망치는 것이었다. 하지만 혹시 계산대에 있을지도 모를 지폐만큼은 손대지 않을 작정이었다. 사실 그때까지 지폐가 남아 있을 가능성은 전무했다.
 계획을 세운 후로 우리는 어떤 소시지도 먹지 않았다. 그것은 나의 우상 유라가 쩨벨다에서 스무 개가 넘는 소시지를 단숨에 먹어치웠다는 경험담을 이야기했기 때문이다. 사실 우리는 매점에 엄청난 소시지가 있을 거라는 생각을 못했다. 소시지를 가지고 오겠다는 생각 또한 해본 적이 없었다. 우리가 먹고 남을 만큼 소시지가 많다는 이야기를 한 번도 들어본 적이 없었기 때문이다.
 오후가 되자 우리는 염탐을 하기 위해 매점 안으로 어슬렁거리며 들어갔다.
 소시지가 가득 차 있는 커다란 통이 창턱에 세워져 있었다. 소시지는 발가벗겨진 채 저녁 햇살을 받아 핑크빛으로 빛났다.
 유라는 감격한 듯 한없이 유령 같은 소시지 통을 쏘아보았다. 나는 황급히 그를 데리고 밖으로 나왔다. 그의 호기심은 품위가 없었고, 주인의 눈에 이상하게 여겨질 만큼 위험천만해 보였다.
 "엄청나게 많다!"
 창문이 나 있는 복도에서 한숨을 쉬며 그가 말했다.
 "뭐가 많단 말야?"

"소시지가 그렇게 넘쳐흐르다니……."

그는 숨을 몰아쉬며 간신히 말했다. 마치 너무 뜨거운 소시지를 들고 있는 것처럼 어쩔 줄 몰라했다.

나 또한 입 안 가득 침이 고였다.

"저녁때까지 기다리자."

나는 내 인내심을 시험이라도 하듯 작은 소리로 말했다.

그런 후 우리는 그곳을 떠났다.

학교 건물로 들어가는 가장 좋은 방법은 뒷문을 이용하는 것이었다. 뒷문 가운데는 유리가 끼워져 있었다. 그 유리들 중 하나가 깨져 있었는데, 우리가 드나들기에 충분했다.

학교에는 경비를 겸하고 있는 매점 주인이 살았다. 몇 년 동안 우리는 그와 쫓고 쫓기는 사이였다. 우리는 학교 운동장에서 축구를 하려 했고, 그는 우리를 내쫓으려 했다.

불행히도 그는 마음씨 착한 노인이었다.

그날 밤, 적당히 어두워지자 우리는 학교 운동장으로 기어 들어갔다. 거리의 불빛이 우리를 희미하게 비췄다.

우리는 최대한 몸을 낮추고 학교 건물로 다가갔다. 깨진 유리 창틀의 검은 구멍은 매우 위협적으로 보였다. 거리에서 귀에 익은 친구 녀석들의 목소리가 들려왔다. 그 목소리는 우리가 포기한 채 뒤에 남겨두고 온 평화로운 삶의 산울림처럼 먼 곳에서 들려왔다. 문 앞에는 구정물이 고여 있는 큰 웅덩이가 있었다. 웅덩이는 기름이 떠 있는 것처럼 반짝거리며 빛났다. 나는 웅덩이를 피해 조심스레 구멍 안을 들여다보았다.
"먼저 들어가."
뒤에서 유라가 말했다. 그의 명령에 따라 나는 유라보다 먼저 안으로 들어가기로 했다.

나는 한 손으로 바깥쪽 벽을 짚고, 다른 손으로 문에 있는 손잡이를 움켜잡았다. 그리고 두 다리를 안으로 집어넣었다. 발이 땅에 닿을 동안 나는 아주 조심스럽게 움직였다. 도덕적이고 양심적인 긴장 상태가 한동안 이어졌다. 나는 허공에 잠시 매달려 있다가 발끝으로 바닥을 찾으며 조금씩 미끄러져 내려갔다. 잠시 후 발이 땅에 닿자 이번에는 상체를 안으로 집어넣었다.

유라는 나를 따라 재빨리 안으로 들어왔다.

복도 입구에 옥상으로 올라가는 계단이 눈에 띄었다. 우리는 복도를 따라 걸어가다 또 다른 복도로 접어들었다. 그 복도 끝에 학교 매점이 있었다.

우리는 곧바로 복도를 따라 앞으로 나아갔다. 우리는 간혹 멈춰 서서 잠겨 있는 교실과 사람의 흔적이라곤 찾아볼 수 없는, 칠흑 같은 어둠이 들어찬 건물의 으스스한 침묵에 귀를 기울였다.

한 걸음씩 앞으로 나아갈 때마다 가슴이 쿵쾅거렸다. 순간 나는 나 자신에 대한 혐오감이 차올랐으나 그런 감정을 털어내려고 애를 써야 했다.

창문을 지나칠 때 친구의 딱딱한 그림자가 어둠 속에서 보였다. 그제야 나는 또 다른 공모자가 있다는 사실을 깨닫고 떨리는 가슴을 조금 진정시킬 수 있었다. 그때까지 나는 내가 하얀 옷을 입고 있다는 사실을 잊고 있었다. 그것은 밤도둑보다 유령에게 더 잘 어울리는 옷이었다. 내 옷은 어둠 속에서 송장처럼 하얀 모습을 드러냈다. 나는 공포심을 드러내지 않으려고 내 옷을 쳐다보지 않으려 했다.

마침내 우리는 매점 앞에 도착했다. 희미한 불빛이 작은 틈새로 새어나왔다. 유라가 문을 밀자 작은 틈새가 벌어졌다. 그는 그 틈새에 눈을 대고 안을 들여다보았다.

오랫동안 그는 안을 들여다보았다. 마치 우리가 노리는 소시지나 매점 안에 있는 다른 물건들이 밤중에는 어떻게 생활하고 있는지를 훔쳐보는 것 같았다.

잠시 후 그는 유쾌한 표정을 지으며 나에게 안을 들여다보라는 신호를 보냈다. 그것은 위험한 모험을 하기 전에 어떤 여흥거리를 제공하겠다는 듯한 표정이었다. 나는 문틈으로 다시 한 번 우리의 소시지를 보았다. 그것들은 여전히 같은 곳에 있었지만, 지금은 속이 들여다보이는 그물로 덮여 있었다. 그런 모습은 보다 더 유혹적이었다.

유라는 전에 우리가 갖고 놀던 펜치 두 개로 맹꽁이자물쇠를 따기 시작했다. 자물쇠가 붙어 있는 고리들 중 하나를 떼어내는 작업도 그리 쉽지 않았다.

소시지를 보고 흥분한 그는 너무 서두른 나머지 펜치를 여러 번 바닥에 떨어뜨렸다. 그럴 때마다 주위가 울리도록 큰 소리가 났다.

그때, 갑자기 바로 위층에서 발걸음소리가 들렸다. 그 주인공은 몇 걸음 더 걸어오다가 귀라도 기울이는 듯 한순간 멈춰 섰다.

"도망치자!"

나는 공포에 질린 목소리로 유라의 귀에다 대고 속삭였다. 그러자 그의 손이 내 손목을 움켜쥐었다.

우리는 몸이 굳은 채 복도의 정적 속에 가만히 서 있었다.

"너는 그렇게 많은 소시지를 상상이나 해봤어?"

유라가 낮은 소리로 말했다.

나는 머리를 흔들었다. 우리는 다시 빳빳하게 굳어졌.

얼마나 오랫동안 그렇게 서 있었는지 모른다. 결국 우리는 위험의 강도와 유혹의 강도 중 어느 것이 더 큰지 비교라도 하는 것처럼 다시 문 쪽으로 다가갔다. 그는 귀를 기울이다가 문틈으로 안을 들여다보고 또다시 귀를 기울였다. 그리고는 다시 조심스럽게 고리를 뜯어내는 작업에 착수했다.

또다시 발걸음소리는 들렸다. 내가 도망치려 하자 낌새를 눈치챈 유라가 다시 한 번 내 팔을 움켜잡았다.

그러나 발걸음소리는 멎지 않았다. 이제 그 발걸음은 계단이 있는 쪽으로 내려서고 있는 게 분명했다. 발걸음은 잠시 동안 주저하는 듯했다. 그러다가 갑자기 폭발이라도 하는 것처럼 '찰칵' 하는 스위치 소리가 위층에서 들려왔다. 그 소리보다 더 빨리 불빛이 우리를 비추었다. 다시 발걸음소리가 들렸다.

내 팔을 움켜쥐고 있던 유라의 손이 풀렸다. 갑자기 사납고 거칠 것 없는 공포의 말馬이 나를 학교 건물 밖으로 내던져버리는 것 같았다. 나는 들어올 때와 달리 단숨에 유리 구멍을 통과했다. 웅덩이에서도 멈추지 않았다. 총알처럼 곧장 그것을 통과해버릴 작정이었다.

하지만 질끈 감았던 눈을 떴을 때 나는 구정물 웅덩이에 빠져 있었다. 나는 학교 담을 기어 넘고 나서야 옆에 유라가 없다는 걸 알아챘다. 나는 어떻게 해야 할지 몰랐다.

경비원에게 잡힌 건 아닐까? 만일 잡혔다면 왜 아무 소리도 들리지 않을까?

나는 담 너머로 학교 안을 살펴보았다. 불이 켜지고 비상벨소리가 윙윙거렸다. 그 소리는 민병대원이 도착할 때까지 계속될 것이 분명했다.

그런데 얼마 후 모든 것이 조용해졌다. 그제야 나는 내 하얀 옷이 더러운 얼룩으로 범벅이 되었다는 걸 알았다. 갑자기 집에 갈 일이 걱정되었다. 어떻게든 식구들 몰래 안으로 기어 들어가 옷을 갈아입어야 했다.

내가 의기소침해서 이런저런 생각을 하고 있을 때 유라가 담을 넘어 내 곁으로 왔다. 그가 내 옆에 와서 설 때야 비로소 나는 그를 알아차렸다.

무슨 일이 일어났던 것일까?

그곳에서 도망치기 시작했을 때 그는 분명 우리가 함께 도망칠 수 없다는 것을 알아챘을 것이다. 누군가가 깨진 유리 창문을 통과하는 동안 다른 한 사람은 그 자리에서 꼼짝없이 붙잡힐 수 있었다. 그래서 그는 냉정을 되찾고, 옥상으로 올라가는 계단으로 달려갔다. 그곳에서 그는 위험이 지나갈 때까지 기다렸던 것이다.

단 몇 초 만에 그런 방법을 생각해내다니!

나라면 그런 방법을 그렇게 빨리 생각해내지 못했을 것이다. 나는 동물처럼 앞뒤 생각도 없이 오직 구멍으로 돌진했다.

위험과 맞닥뜨릴 때마다 그는 남들이 생각하지 못하는 기발한 방법으로 위기에서 벗어나곤 했다. 나의 옛 친구, 유라 스타브라키디. 그것이 유라의 정확한 모습이었다.

지금까지 쓴 글을 훑어보면서, 나는 가장 훌륭한 문학적 원칙에 따라 영웅의 몇 가지 단점들에 대해서도 얘기해야 한다는 것을 깨달았다. 물론 그 단점들이 그의 뛰어난 모습을 가릴 수는 없다. 단지 그의 장점을 조금 상쇄할 뿐이다.

그러한 결점들이 존재한다는 것—다시 말하지만, 그 결점들은 아주 작은 것들이었다—은 그를 더 친근하게 느끼도록 만들었다. 또한 그것은 그를 더욱 인간적이게 만든 요인이었고, 우리가 그를 이해함과 아울러 그를 향해 따뜻한 미소를 짓게 한 원인이 되기도 했다. 그런 점에서 그도 우리와 똑같은 사람이었다.

나는 유라가 싸움을 좋아했다는 것을 말하지 않을 수 없다. 당시 우리 모두는 싸우는 것을 좋아했다. 그러나 유라는 자기 나름대로 싸움에 대한 이유들을 갖고 있었다.

그는 자신의 명예, 혹은 자신과 같은 소수의 희랍 사람들의 명예, 혹은 약하고 힘없는 자들의 명예, 혹은 페인트공들의 명예, 그리고 우리 동네의 명예, 그리고 좀 드문 경우지만 우리 반의 명예를 위해서라도 그는 싸웠다.

그리고 가끔은 이유도 없이 싸웠다. 그저 힘을 겨루고 싶어, 우리는 싸움군群에서 더 높은 위치를 점하려고 힘껏 싸우다가 그 싸움이 끝나면 그 결과에 따라 자신의 위치가 정해졌다.

"저 녀석과 싸우고 싶어."

어떤 소년을 가리키며 유라는 내게 말하곤 했다. 흔히 그 소년은 우리 학교나 옆 동네로 이사와 처음 모습을 드러낸 아이였다. 때때로 우리가 알고 있는 옛 친구들 중 한 명이 될 수도 있었다. 여름방학 동안 갑자기 몸집이나 키가 커진 아이가 그 대상이었다. 그런 아이는 싸움군의 서열상 그 잠재력에 대한 재평가―비록 그 아이 스스로 그것을 요구한 것은 아니지만―를 요구받는 아이였다.

유라는 그런 녀석을 손으로 지적했다. 그럴 때 그의 얼굴에는 내가 존경할 수밖에 없는 권위적인 표정과 비밀스런 행복이 가득했다. 그것은 정원에서 무르익어가는 과일을 발견하고 그 가지를 조심스레 구부려보는 정원사의 자부심 어린 표정과도 같았다. 혹은 애정이 잔뜩 묻어나는 시선으로 의미심장하게 연인을 바라보는 돈 쥬앙의 표정이기도 했다.

지적을 당한 소년은 곧 유라의 비밀스런 열정을 알아챘다. 그럴 때 소년의 얼굴에는 부끄럽고 당황해하는 모습이 확연히 드러났다. 하지만 그런 표정은 유라에게 거만한 모습으로 보이기 일쑤였다.

"저 녀석도 나처럼 싸우고 싶은가봐."

유라는 기쁨으로 가득 차 그 녀석을 손가락으로 가리키며 말했다. 그럴 때 그의 두 눈은 어린 사티로스(박쿠스 신神을 따르는 숲 속의 신 또는 호색가—옮긴이 주)의 염소처럼 간교한 빛을 띠었다.

어느 날, 유라와 나는 영화관 입구에 서 있었다. 굉장한 영화를 상영해선지 주변엔 젊은이와 어린이들로 가득 차 있었다. 미처 표를 구하지 못한 사람들이 우리를 훑어보았다. 지금 그들은 암표상을 찾고 있는 중이었다.

영화가 시작되기 전, 수많은 사람들의 선망 어린 시선을 받으며 주머니 속의 표를 만지작거리는 것은 얼마나 즐거운지 모른다. 이윽고 문이 열리면 표를 내밀고 안으로 들어가 휴게실을 어슬렁거리며 돌아다니거나 지방 미술가들이 푸슈킨의 민담을 주제로 그린 벽화들을 수백 번씩 바라보며 상영시간을 기다리는 것 또한 즐겁다. 이윽고 시간이 되어 상영관으로 들어간다. 그곳에는 먼저 영화를 본 사람들이 뿜어낸 열기와 잠시 후 감미로운 경험을 맛보게 될 사람들의 들뜬 기대가 공존하게 마련이다.

뉴스영화가 시작되지만 그것은 아직 도래하지 않은 진정한 쾌락의 조연 역할을 하는 까닭에 그리 기분 나쁘진 않다. 삶의 감미로운 순간은 조금 늦어지는 편이 오히려 낫다. 행복은 일단 시작되고 나면 영원히 지속될 수 없고, 영화처럼 언젠가 끝나고 말 테니까.

나는 영화관 밖에서 조금 후면 닥칠, 이처럼 축복 받은 장면들을 상상하며 서 있었다. 바로 그때 한 아이가 유라에게 다가와 물었다.

"표 있니?"

연약해 보일 뿐 아니라 표를 미처 구하지 못한, 이 가여운 녀석을

유라는 뚫어지게 바라보았다. 유라는 녀석에게 표가 없는 불행을 뼛속 깊이 각인시켜주려는 듯 잠시 침묵을 지킨 후 대답했다.
"응, 물론 있고 말고. 하지만 내 표밖에 없으니 어떡하지?"
"그래? 난 네가 거드름 피우는 걸 보고 알았어."
소년은 실망 때문에 대담해졌는지 대번 아니꼬움을 표시했다.
"그래, 거드름을 좀 피웠지."
유라는 조용히 동의했다. 유라는 감히 자기에게 이런 식으로 말하는 것이 믿어지지 않는다는 듯 소년을 뚫어지게 바라보았다. 이처럼 대담한 말은 상상조차 해보지 않았기에, 지금 그는 자신이 잘못 들은 게 아닌지 귀를 시험해보기라도 하는 것 같았다.
"아무한테도 그 표를 줄 수 없다는 말이잖아. 안 그래?"
그렇게 말하고 소년은 여전히 아니꼽다는 표정으로 돌아서려고 했다.
"잠깐 기다려."
유라가 소년의 앞을 가로막았다. 소년은 겁도 없이 멈추어 섰다.
"그래. 내가 암표상이다, 이 말이지?"
유라는 느닷없이 소년의 점퍼 깃을 잡고 흔들었다.
"내가 암표상이라는 말이냐, 응?"
그는 반복해서 물었다.
나는 입 안에 떨떠름한 신맛이 고여옴을 느꼈다. 이것은 영예롭지 못하거나 부당한 일이 생겼을 때 무의식적으로 일어나는 육체적 반응이었다.

나는 유라가 그 소년과 싸우고 싶어한다는 것을 눈치챘다. 그러나 그것은 너무 일방적인 것 같았다. 그 소년은 싸우고 싶어하지 않았고, 유라보다 훨씬 약해 보였다. 더욱이 소년은 유라를 암표상이라고 말하지 않았으며, 그것을 단속하려는 소년단원도 아니었다.

"그래서 내가 암표상이다, 이거지?"

유라는 똑같은 말을 세 번씩이나 반복하며 싸울 의사를 내비쳤다.

"난 그렇게 말하지 않았어."

소년의 목소리가 떨렸다. 그는 친구나 보호자를 찾으려고 주위를 두리번거렸다.

"뭐라고? 네가 그렇게 말했잖아!"

유라는 다시 그의 점퍼 깃을 붙잡고 흔들었다. 유라는 그에게 더 많은 모욕을 줘 달아나게 할 작정이었다. 그러나 소년은 화를 내려고 하지 않았다. 이 점이 유라를 더 화나게 만들었다. 어쩔 수 없이 유라는 마지막 수단을 쓰기로 했다.

유라가 소년에게 막 주먹을 먹이려고 할 때였다.

어디서 나타났는지 여섯 명의 희랍계 소년들이 나타나 우리 주위를 에워쌌다. 그들은 한 목소리로 노래를 불렀다.

"부끄럽지도 않은가? ……희랍인이여……."

시끄러운 주위의 소음들 속에서 친근한 말투가 울려퍼졌다.

그들은 분명 유라와 그 소년을 잘 알고 있는 듯했다. 순간 뜻밖에도 유라는 그들을 두려워하고 있는 것 같았다. 외모가 러시아인 같던 그 소년은 긴장된 상태에서 갑자기 희랍어를 유창하게 쏟아냈다. 소년이 갑자기 희랍어를 하자 유라도 혼란스러운 모양이었다. 그 소년은 주위를 에워싼 녀석들과 같은 동네에 살고 있는 게 분명했다.

한동안 그들은 긴장상태를 유지했다. 그들은 목소리를 높였다 낮췄다 하면서 격앙된 얘기들을 주고받았다. 그들의 얘기는 러시아어에서 희랍어로, 혹은 희랍어에서 다시 러시아어로 되돌아가곤 했다.

유라 역시 목소리를 높였다. 비록 그 소년이 암표상이라고 직접적으로 부르진 않았지만, 팔 수 있는 표가 몇 장 있느냐고 물었으며 그것은 자신을 암표상이라고 부른 것과 다름없는 것이라고 우겼다.

"난 그렇게 말하지 않았어. 그건 거짓말이야."

소년은 희랍계 친구들이 에워싸고 있는 것을 기회로 아주 용감하게 말했다.

"희랍인으로서 부끄럽지도 않아?"

희랍인들이 다시 한 번 자신들의 언어로 유라의 양심에 호소했다.

"나를 믿지 못하겠다면 저 아이에게 물어봐."

그러면서 유라는 나를 가리켰다.

결국 오지 말아야 할 순간이 오고야 말았다. 하지만 나는 이런 순간을 어느 정도 예상하고 있었다. 순간 나는 유라를 한없이 증오했다. 나는 그의 잘생기고 반듯한 얼굴을 짓밟아 뭉개주고 싶었다. 그러나 그는 내 친구이므로, 친구나 동지 혹은 친척 등에 대한 오랜 관습에 따라 그를 옹호해야 했다. 그런데 무엇 때문인지 그를 옹호해야 한다는 마음보다 더 강렬한 야만적 생각이 갑자기 나를 사로잡았다. 그 생각은 유라 편이 아니라 소년의 편에 서라고 나를 충동질했다.

모두가 나를 쳐다보았다. 유라는 당연히 내가 그의 편이 될 거라고 믿고 있었다. 한동안 나는 주저하며 그 자리에 서 있었다. 그것이 그들의 호기심을 유발시켰다. 친구인 내가 유라를 옹호하지 않는다면, 그것은 다른 쪽의 진실을 입증해주는 것이었기 때문이다.

그들은 기대감으로 나를 조용히 응시했다. 침묵을 지키는 동안 나는 그들의 눈 속에서 내가 고결한 용기를 지닌 사람으로 추앙되고 있다는 걸 알았다.

그 자체가 얼마나 즐겁고 재미있었는지 모른다. 동시에 내가 입을 떼자마자 그들이 분명 실망할 거라는 사실도 잘 알고 있었다. 나는 잠시 동안 더 기다렸다. 그리고 더 이상 높이 올라갔다가 추락이라도 하면 너무 위험하다는 생각이 들었다. 그런 생각이 나를 단순하게 만들었다.

"나는 그런 말 듣지 못했어."

나는 말했다. 그리고 마치 덜 익은 사과를 한 입 베어 문 것처럼 입 안에 떨떠름한 신맛이 고였다.

순간 양쪽 편은 나에 대한 관심은 젖혀두고 오로지 자신들의 힘에만 의존한 채 처음의 논쟁으로 되돌아갔다.

때마침 상영을 알리는 종이 울렸다.

우리는 함께 영화를 보면서 앉아 있었다. 이따금 나는 친구의 굳은 얼굴을 흘끔흘끔 쳐다보았다. 하지만 그의 얼굴은 계속해서 나를 외면했다.

집으로 오는 동안 나는 무슨 말인가 하려고 했다. 그러나 그는 전혀 들으려 하지 않았다.

"우리 '재잘재잘대는 동맹회의'는 그만두기로 하자."

집에 도착하자 그는 이렇게 말하고 정원으로 사라졌다.

그것이 우리의 우정에 종말을 고하는 시초였다. 우리는 싸우지 않았다. 단지 우리는 공통의 목적을 상실했을 뿐이다. 우리는 조금씩 어린 시절에서 벗어나, 청년시대라는 영혼의 성숙기로 접어들었다. 그것은 우리가 지닌 영혼이 점차 분화되어 서로 공유할 것이 없는 단계로 들어선다는 것을 의미했다. 단순히 육체적인 용어로 말한다면, 우리는 자제력을 초월하는 신체적인 특성이 생겨남에 따라 서로에 대한 애정을 상실하기 시작했다.

우리가 다시 만난 것은 꽤 많은 세월이 지난 후였다. 그와 내가 재회한 곳은 바다를 바라보고 있는 고향 해변의 카페에서였다. 나는 커피 한 잔을 마시고 있었고, 그는 그 지방 친구들과 함께 앉아 있었다. 멀리서 우리는 서로를 알아보았다. 그가 환하게 웃으면서 자리에서 일어나 내게로 왔다.

우리는 함께 앉아 학창 시절과 옛 친구들에 대해 이야기했다.

유라는 북부지역 어딘가에서 해군 장교로 근무하고 있었다. 그는 오랫동안 고향을 떠나 있다가 휴가를 맞아 잠시 들른 것이었다. 그리고 며칠 후면 현재 그의 부모가 살고 있는 카자흐스탄에서 나머지 휴가를 보낼 예정이었다.

나는 철제 구조물의 가로대 위를 뛰어다니던 그의 모습을 기억해냈다. 그리고 그가 보여준 묘기는 아직도 내가 결코 이루지 못할 거대한 꿈으로 남아 있다고 고백했다.
그러자 그는 어깨를 으쓱하며 말했다.
"난 그 위에서 뛰어다닐 수밖에 없었어."
"뛰어다닐 수밖에 없었다니?"
"너무나 겁이 나 천천히 걸을 수 없었던 거야."
그가 말했다. 두려움이 없던 그의 옛 모습이 두 눈 속에 잠시 동안 어른거렸다.
"아냐, 넌 그렇지 않았어!"
나는 그의 고백이 나에게 감당할 수 없는 어떤 사명감을 부여하고 있음을 느끼면서 소리쳤다. 하지만 그때 느꼈던 사명감이 무엇인지는 지금까지도 알지 못한다.
"넌 내가 그곳을 뛰어가기 전에 왜 가로대를 흔들었는지 모르겠니?"
이렇게 물은 다음 그는 내 대답을 기다리지도 않고 말했다.
"나는 계속해서 흔들리고 있는 가로대가 갑자기 흔들리는 가로대보다 더 안전할 거라고 생각했어……. 바다에 풍랑이 이는 것처럼 말이야."
그는 나를 위로할 셈이었는지 자기가 발견한 것을 일반적인 자연현상과 비교해 말해주었다.
그의 해명에도 불구하고 나는 그의 묘기에 대해 품었던 사춘기의 열정을 후퇴시키고 싶진 않다. 다만 나는, 소심한 경우처럼 그의 용기도 예전에 미처 몰랐던 어떤 복잡한 특질을 지니고 있다는 걸 깨달왔다. 또한 그의 용기와 관련해 내가 한때 분명하다고 젖혀두었던 것들이 아직 그렇게 분명하게 해결되지 않았다는 것도 깨달았다.

그것이 나를 슬프게 했다. 엉망진창이 된 생각들이 나를 자꾸만 구렁텅이로 몰아가고 있었다. 마치 학생 시절에 치렀던 시험이 여전히 나를 기다리고 있는 것처럼.

나는 즉시 집으로 돌아가 최소한의 결론을 내리고 싶었다. 그러나 여종업원이 우리가 주문한 것을 갖고 왔기 때문에 할 수 없이 눌러앉아 있어야 했다.

그녀는 브랜디 한 병과 보기 좋게 자른 레몬 한 접시를 탁자 위에 가지런히 올려놓았다. 레몬은 빨간색 꽃잎을 가진 커다란 로터스(먹으면 황홀경에 빠진다는 식물) 잎사귀처럼 즙이 조금씩 접시로 흘러나왔다.

유라의 손이 술병으로 다가갔다. 물론 나는 그 자리를 떠나지 못했다.

수탉

어렸을 적 나는 마당에서 뛰놀던 닭, 그 중에서도 특히 수탉을 싫어했다. 수탉을 왜 그렇게 싫어했는지는 잘 기억나지 않는다. 다만 사나운 수탉이 나타나기만 하면 마당에서 반드시 피비린내 나는 혈투가 한바탕 벌어졌다.

어느 여름, 나는 아브하쟈에 있는 한 산악지대 마을의 친척집에 머물렀다. 집안의 일꾼들―두 사촌누이와 두 사촌형―은 옥수수 밭의 잡초를 뽑거나 담뱃잎을 따러 아침 일찍 일터로 나갔다. 그러고 나면 나는 덩그마니 혼자 남겨졌다. 다른 사람에 비해 내가 맡은 일은 아주 쉬웠다. 염소들에게 먹이(다발로 묶여 있는 개암나무 잎사귀들)를 주거나 정오가 되기 전에 개울에서 물을 떠오는 것이었다. 그것은 일반적으로 말하는 '집 보는 일'이었을 뿐, 특별한 게 없었다.

　그러나 나는 이따금씩 하늘을 맴도는 독수리들에게 집에 사람이 있다는 것을 보여줘야 했다. 주의를 게을리 하면 독수리가 닭이나 병아리들을 공격하기 때문이었다. 이 특별한 임무에 대한 보상으로, 나는 언제든지 신선한 달걀 두 개를 둥지에서 꺼내 먹을 수 있었다. 도시에서 온 허약체질의 나로서는 달걀 두 개가 퍽 소중한 영양보충거리였다. 감시하는 사람이 아무도 없는데도 나는 그 나머지 달걀만큼은 절대 건드리지 않았다.
　부엌 바깥벽에는 바구니들이 매달려 있었다. 암탉들은 때가 되면 그곳으로 달려가 알을 낳았다. 나는 암탉들이 어떻게 이곳을 정확하게 기억하는지 신비롭기까지 했다. 나는 발끝으로 서서 손에 달걀이 잡힐 때까지 바구니를 더듬거렸다. 달걀이 손에 잡히면 진주를 발견한 해녀海女나 보물을 손에 쥔 '바그다드의 도둑'과 같은 감격을 맛보곤 했다. 나는 달걀의 위쪽을 벽에 '톡' 친 다음 '쭈욱' 들이마셨다. 그럴 때면 가까운 곳에 있던 암탉들이 슬프게 울어댔다.

시골생활은 도시와 다른 진지함과 경이로움으로 가득 차 있었다. 공기도, 먹는 음식도 신선했다. 나는 농장에서 잘 기른 호박처럼 활력이 넘쳐흘렀다.

친척집에서 나는 책 두 권을 발견했다. 메인 리드의 『머리가 없는 마부馬夫』와 윌리엄 셰익스피어의 『비극과 희극 작품집』이었다.

첫 번째 작품은 머리에서 발끝까지 나를 감동시켰다. 작품에 나오는 주인공들의 이름은 음악처럼 감미로웠다. 해군 장교 '모리스', '루이스 포인트덱스터', '캐시어스 칼혼' 장군, '엘 코욧트', 그리고 '도나 이사도라 코바르비오 드 로 라노스'라는 굉장히 긴 이름이 바로 그것이다.

"내 권총이 자네 머리를 겨냥하고 있어! 총알은 한 발밖에 남지 않았군. 음…… 미안하지만 죽어줘야겠어……!"
장군은 정말로 유감인 듯 아쉬움을 덧붙이며 소리쳤다.
"삶은 신기루일 뿐이야!"

나는 책에 나오는 대사 하나하나에 매료되었다. 나는 그 책을 처음부터 끝까지 읽고 난 다음, 끝에서 시작해 다시 처음까지 읽었다. 그런 후 재미있는 곳만 골라 두 번 더 읽어야 직성이 풀렸다.

그와 반대로 셰익스피어의 비극들은 뒤죽박죽이었고 쉽게 납득되지 않았다. 하지만 희극들은 저자가 의도한 바와 나의 흥미로움이 어느 정도 일치하는 듯했다. 이 희극들을 통해 나는 어릿광대들이 궁정에 의지하며 살았던 게 아니라 궁정이 어릿광대들에게 의지해 유지되었다는 사실을 깨달았다.

친척집은 언덕 위에 서 있었다. 때문에 하루종일 사방에서 바람이 불어왔다. 그 집은 노련한 산악인처럼 꾸밈이 없고 억센 모습이었다.

자그마한 뒤뜰의 처마 끝에는 제비 둥지가 촘촘히 매달려 있었다. 제비들은 재빠르게 낙하해 둥지로 날아들었다. 그곳에는 탐욕으로 가득 찬 새끼제비들이 주둥이를 벌리고 먹이가 자기 입으로 떨어지기를 기다리고 있었다. 새끼제비들의 엄청난 식욕 때문에 그 부모들은 쉴새없이 먹이를 물어와야 했다. 하지만 부모들은 조금도 피곤한 기색이 없었다. 새끼제비들에게 먹이를 주는 동안 아빠 제비는 둥지 끝에 간신히 등을 기대고, 한참 동안 매달려 화살처럼 몸을 구부린 채 전혀 움직이지 않았다. 간혹 주위를 경계하듯 머리를 이쪽저쪽으로 돌릴 뿐이었다. 잠시 후 먹이를 모두 주고 나면 아빠 제비는 둥지에서 돌멩이처럼 수직으로 툭 떨어졌다. 그리고는 뒤뜰과 수평으로 날아 하늘 높이 치솟았다.

닭들이 먹이를 찾아 한가롭게 마당을 뒤지며 돌아다녔다. 참새와 병아리들이 함께 '짹짹' 거리며 재잘대고 있었다. 그러나 평화를 위협하는 악마들이 낮잠을 자는 것은 아니었다. 내가 소리를 질렀는데도 독수리 한 마리가 매일같이 달려들었다. 독수리는 하늘에서 곧장

하강하거나 수평으로 낮게 날아와 병아리를 낚아채고는 강력한 날개를 퍼덕이며 숲 쪽으로 날아가버린다. 그것은 눈 깜짝할 사이에 일어났다. 어떤 때는 독수리의 현란한 묘기를 멍하니 바라보다가 독수리가 저만큼 날아간 후에야 정신을 차리고 소리를 지르기도 했다. 독수리의 손아귀에 붙잡힌 닭이나 병아리는 공포에 휩싸인 채 바보 같은 굴종의 태도로 매달려 있었다. 만일 내가 적절한 때에 소리를 지르면 독수리는 낚아채지 못하거나 놀란 나머지 공중에서 사냥감을 떨어뜨렸다. 그럴 경우, 우리 식구들은 숲 속 어딘가에서 반신불수가 된 채 흐리멍덩하게 눈을 뜨고 있는 닭이나 병아리를 찾아내곤 했다.

"저놈은 죽었어."

그렇게 말하고 사촌형은 조심스레 닭의 머리를 잘라낸 다음 나머지는 부엌으로 가져갔다. 그런 날은 저녁 식탁에 맛있는 닭 요리가 올라왔다.

농가農家의 뜰에 있는 닭의 왕국에도 우두머리는 존재했다. 우두머리는 거대한 체격에 붉은 깃털을 가진 수탉이었다. 그는 깃털이 아주 많은, 고대 로마의 독재자처럼 교활한 놈이었다. 내가 도착한 지 얼마 되지 않았을 때였다. 그놈은 증오의 눈초리로 나를 쳐다보며 언젠가 공격을 가하고야 말리라는 선전포고의 뜻을 보내왔다. 내가 자신들의 달걀을 먹어치운다는 사실을 눈치챈 것 같았다. 어쩌면 그런 나의 행위가 녀석이 지니고 있는 우두머리로서의 권위를 손상시켰던 모양이다. 혹은 독수리가 공격하는 동안 내가 멍하니 바라보기만 했던 것이 그를 분노케 했는지도 모른다.

어쨌든 나는 이 두 가지 모두 그에게 영향을 끼쳤다고 생각한다. 그런데 무엇보다 녀석이 가장 크게 분노하는 경우는 누군가가 암탉들에 대한 자신의 권위에 도전하는 것이었다. 대부분의 독재자처럼 녀석도 그런 행위에 대해서는 결코 참지 못했다.

나는 두 개의 권력이 오랫동안 공존할 수 없다는 걸 깨달았다. 그와 나 사이에는 필연적으로 전투가 벌어지지 않으면 안 될 상황이었다. 다가오는 전투에 대한 준비로 나는 녀석을 세밀하게 관찰했다.

누구도 수탉의 용맹성에 대해서는 부정하지 못했다. 독수리가 공격하는 동안 암탉과 병아리들은 꼬꼬댁 비명을 질러댔다. 그들은 날개를 푸드득거리며 사방으로 정신없이 도망치기 바빴다. 그런데 녀석은 용감하게 마당 한가운데 서 있었다. 녀석은 독수리를 사납게 노려보며 조그만 왕국의 잃어버린 질서를 회복하려고 애썼다. 심지어 와락 달려드는 적을 향해 위험지경까지 치달은 적도 있었다. 하지만 녀석의 행동은 허세를 부린다는 인상밖에 주지 못했다. 녀석의 행동이 민첩한 것처럼 보였지만, 사실 독수리의 날쌘 행동을 따라잡기엔 너무 느렸다.

그는 마당이나 닭장에서 늘 자신이 총애하는 암탉 두세 마리를 데리고 식량을 찾으러 돌아다녔다. 그러면서 다른 닭들에 대한 감시의 시선을 놓치지 않았다. 이따금 그는 위험을 탐지하기 위해 목을 길게 빼고 하늘을 올려다보았다.

독수리의 그림자가 마당 위를 활주하거나 까마귀의 '깍깍' 거리는 울음소리를 들을 때면, 그는 주위를 향해 머리를 호전적으로 돌리며 경계태세를 갖추라고 명령을 내렸다. 그러면 암탉들은 겁먹은 표정으로 녀석의 신호를 듣고 있다가 종종걸음을 치며 은신처로 도망쳤다. 하지만 명령이 잘못 취해진 경우가 더 많았다. 그는 자신이 총애하는 여인들을 긴장상태 속으로 빠뜨려 자신에게 완전히 복종케 했다.

갈퀴처럼 날카로운 발톱으로 땅을 파다가 마침내 맛있는 음식을 발견하면 그는 큰 소리로 암탉들을 불러모은다. 이른바 대향연에 참여하라고 여인들을 소집하는 것이다.

맨 먼저 도착한 암탉이 음식을 맛있게 쪼아먹고 있는 동안 그는 열정적으로 날개를 끌어당기며 그녀 주위를 몇 차례 순회한다. 그러면서 폭발하려는 기쁨을 주체하려고 무진 애를 쓴다. 결국 이런 행동은 그녀를 순식간에 강간하는 것으로 끝을 맺는다. 암탉은 넋을 잃은 채 부르르 몸을 떨며 조금 전에 무슨 일이 있었는지를 알아차리려 애를 쓴다. 반면 그는 승리했다는 만족감으로 시침을 뚝 떼고 사방을 두리번거린다.

만일 달려온 암탉이 마음에 들지 않으면 그는 발견한 음식물을 감싸거나 큰 소리로 불평을 토로해 암탉을 쫓아보낸다. 그리고는 새롭게 사랑하기 시작한 여인을 부른다.

그가 가장 총애하는 여인은 말쑥하고 하얀 옷을 입은 암탉이다. 그녀는 어린 암탉처럼 몸매가 늘씬하다. 그녀는 목을 쭉 빼고 신중하게 다가와 음식물을 낚아챈 후 사례의 표시도 하지 않은 채 달아나버린다.

그는 굴욕감으로 가득 찬 채 그녀를 쫓아간다. 그 와중에도 자신의 지위를 인식하고 위엄을 잃지 않으려 애쓴다. 대부분의 경우, 그는 그녀를 따라잡지 못한다. 그는 숨을 가쁘게 몰아쉬며 아무 일도 없었다는 듯이 허세를 떤다. 즉 자기가 그녀를 뒤쫓은 것은 단지 장난이었을 뿐이라는 식으로 나를 빤히 쳐다보는 것이다.

실제로 암탉들을 대향연에 초대하는 것은 속임수였다. 먹을 만한 것이 하나도 없다는 것을 암탉들도 대부분 알고 있었다. 그러나 여성적 호기심으로 가득 찬 암탉들은 번번이 그의 부름에 유혹을 당했다. 그런데도 암탉들은 사기극에 넘어갔다는 사실을 수치스럽게 여기는 것 같지 않았다.

날이 갈수록 그는 점점 더 오만해졌다. 내가 마당을 가로질러 가면 그는 내 용기를 시험하려는 듯 짧은 거리를 두고 달려온다. 갑자기 등골이 오싹해지면서도 나는 멈춰 서서 녀석을 기다린다. 우리는 일정한 거리를 유지한 채 상대방을 노려본다. 팽팽한 긴장감이 둘 사이에 빨랫줄처럼 놓여지지만 서로가 쉽사리 선제공격을 하지는 않는다. 이런 상태는 언젠가 깨지게 마련이다. 사실 얼마 가지 않아 둘 사이에 놓여졌던 신경전은 파경을 맞았다.

어느 날, 내가 부엌에서 밥을 먹고 있을 때였다. 그는 행진하듯 걸어와 부엌문 앞에 멈춰 서더니 나를 올려다보았다. 내가 옥수수 몇 알을 던져주자 그는 형식적으로 쪼았다. 나는 그가 평화를 유지할 뜻이 없다는 것을 눈치챘다.

나 역시 애써 평화를 유지할 필요성을 느끼지 못했다. 나는 녀석을 향해 반쯤 타다 남은 장작을 휘둘렀다. 그러나 나를 비웃듯 녀석은 조금 옆으로 비켜서더니 거위처럼 목을 쑥 내밀고 증오심이 가득 찬 눈으로 노려보았다.

나는 더 이상 참지 못하고 장작을 집어던졌다. 장작은 옆으로 빗나갔고 그는 높이 뛰어오르며 나를 향해 날아왔다. 그는 헛간에서 단련했음직한 악습을 그대로 행사했다. 마치 욕이라도 퍼붓듯 씩씩거리며 단단한 부리로 공격해온 것이다. 그는 증오심으로 불타는 듯했다.

순간 나는 등받이 없는 의자를 앞으로 내밀었다. 그는 곧장 의자로 날아와 부딪히더니 죽은 용처럼 바닥에 나자빠졌다. 하지만 그것은 아주 잠깐 동안이었다. 다시 벌떡 일어난 그는 두 날개를 활짝 펼치고 땅바닥을 두드려댔다. 전쟁터처럼 자욱한 먼지가 피어올랐고 나는 두 다리가 벌벌 떨렸다.

나는 위치를 바꿔 문 쪽으로 후퇴하려 했다. 퇴각하면서도 나는 방패를 들고 있는 로마 병사처럼 의자로 내 몸을 보호했다.

부엌에서 나와 마당을 가로질러 가는 동안 그는 수차례 공격을 가해왔다. 그는 내 눈을 쪼아먹을 듯이 달려들었다. 그럴 때마다 나는 의자를 매우 유용하게 사용했다. 그는 일정한 간격으로 공격해와 의자에 부닥쳤고 그때마다 땅바닥에 굴렀다가 다시 튀어올랐다. 그에게 할퀸 양손에서 피가 흐르기 시작했다. 무거운 의자는 들고 있기가 점점 더 힘들어졌다. 그러나 나는 의자를 놓치지 않았다. 그것은 마지막 남은 나의 보호수단이었다.

또 한 번의 공격이 파도처럼 밀려왔다. 그는 다시 날개를 강력하게 퍼덕거리며 날아올랐다. 그런데 이번에는 의자 꼭대기에 자리를 잡고 앉았다. 전혀 예상치 못한 일이었다.

결국 나는 의자를 집어던지고 황급히 뛰어 뜰에 도달했다. 거기서부터 다시 날쌔게 방으로 돌진해 문을 쾅하고 닫아버렸다. 가슴은 전신주처럼 윙윙거렸고 양손에서는 피가 흘렀다. 나는 가만히 서서 문 밖을 향해 귀를 기울였다. 그 비열한 수탉이 문 뒤에 숨어 나를 기다리고 있을 게 분명했다. 나는 가쁜 숨을 고르며 때를 기다렸다.

시간이 조금 지나자 그는 뜰의 위아래를 행진하며 그 강철 같은 발톱으로 바닥을 탁탁 내리치기 시작했다. 계속 전투를 벌이자고 나를 불러내는 소리였다. 그러나 나는 요새 안에 가만히 드러누워 있었다. 기다리다 지쳤는지, 얼마 후 그는 담에 자리를 잡고 앉더니 '꼬끼오 꼬꼬댁 꼬꼬' 라는 승리의 함성을 사방으로 보냈다.

나와 수탉이 난투극을 벌였다는 걸 알고 난 사촌형들은 매일 그와의 시합을 주선했다. 하지만 우리 중 누구도 결정적인 승리를 거두진 못했다. 시합 후, 우리는 긁힌 상처와 타박상을 전리품으로 얻어야 했다.

신선한 토마토처럼 생긴 적의 벼슬鷄冠은 내가 휘두른 막대기에 몇 번 상처를 입었다. 영예로웠던 그의 꼬리 끝은 털이 빠져 우스꽝스럽게 살이 드러났다. 하지만 그의 적의는 조금도 누그러들지 않았다. 오히려 그는 더욱더 오만하고 무례해졌다.

그는 뜰의 난간이나 내가 잠자는 방의 창문 밑에 앉아 의기양양하게 환호성을 질러대어 나를 괴롭게 만들었다. 그는 뜰 전체를 자신의 점령지로 간주했다.

우리의 전투는 마당이나 부엌, 뜰, 과수원 등 다양한 곳에서 벌어졌다. 내가 무화과 열매나 사과를 따러 나무에 오르면 그는 밑에서 끈기 있게 버티고 서서 나를 기다렸다.

그의 오만을 없애기 위해 나는 다양한 전략을 구사했다. 나는 먹다 남은 음식으로 암탉들을 유혹했다. 암탉들을 부르면 그는 분노하여 달려들었다. 그러나 암탉들은 항상 그를 배반하고 내게로 도망쳐왔다. 그가 자신의 여인들을 설득했지만 전혀 소용없었다. 대부분의 경우처럼 추상적인 선전선동이 눈앞의 이익을 이겨낼 수는 없었다.

내가 창문에서 던져주는 한 줌의 음식이 종족간의 충성심은 물론 용감한 달걀 생산자들이라는 가족적 전통마저 모두 파괴해버렸다. 결국 이 문제를 해결하려면 사령관 자신이 나서지 않을 수 없었다. 분개한 그는 그녀들을 꾸짖었다. 그녀들은 자신들의 의지가 나약하다는 것을 부끄러워하는 척하면서 다시 음식을 쪼아먹으러 달려왔다.

어느 날이었다. 부엌 뜰에서 숙모와 사촌형들이 일하고 있는 동안 우리는 또 한 차례 마주쳤다. 그때쯤 나는 노련하고도 냉정한 전사戰士가 되어 있었다.

때마침 나는 끝이 양쪽으로 갈라진 막대기를 발견했다. 나는 그것을 삼지창처럼 사용해 녀석의 포획하려 했다. 몇 번의 실수를 거듭한 끝에 마침내 나는 수탉을 땅바닥에 눌러 꼼짝못하게 만들었다. 그의 거대한 몸이 미칠 듯이 요동쳤다. 그 진동이 전기의 흐름처럼 막대기를 타고 올라왔다.

나는 스스로의 용맹성에 바짝 흥분되었다. 막대기를 버리지 않았을 뿐더러 그 압박을 풀어주지도 않았다. 축구 시합에서 공을 잡으려는 골키퍼처럼 나는 수탉의 모가지를 죄으려고 몸을 던졌다. 순간 그는 결사적으로 몸부림치며 날개로 내 머리에 일격을 가했다. 한쪽 귀가 먹은 것처럼 멍멍해졌다. 하지만 그에 대한 두려움이 나의 용기를 더욱 부채질했다.

나는 더욱 세게 그의 목을 움켜쥐었다. 튼튼하고 완강한 그의 목은 내 손 안에서 비틀리며 꿈틀거렸다. 뱀을 쥐고 있는 듯한 느낌이었다. 나는 다른 손으로 이번에는 그의 다리를 움켜쥐었다. 그의 긴 발톱이 내 몸을 할퀴려고 절망적인 노력을 기울였다.

이제 싸움은 막바지로 치닫고 있었다. 내가 더욱 힘을 가하자 그는 질식할 듯 쥐어짜는 울음소리를 내며 두 다리를 길게 늘어뜨렸다.

이 광경을 사촌형들과 숙모는 담 뒤에서 지켜보며 웃고 있었다. 거대한 기쁨의 파도가 가슴속에 넘쳐흘렀다. 그러나 한순간 혼란스런 느낌이 들기도 했다.

나에게 패배한 녀석은 그때까지 항복한다는 표시를 전혀 보여주지 않았다. 여전히 녀석은 복수심으로 들끓는 욕망을 숨긴 채 가슴을 두근거리고 있었다. 풀어준다면 반드시 내게 재차 도전하려 들 것이었다. 그러나 한없이 녀석을 붙잡고 있을 수도 없는 노릇이었다.

"담 너머로 던져버려!"

숙모가 말했다.

나는 담으로 다가가 납덩이처럼 무거워진 팔로 녀석을 밖으로 집어던졌다.

"제기랄!"

그런데 그는 담 너머로 나가떨어지지 않았다. 한순간 거대한 날개를 펼치며 담에 훌쩍 걸터앉았다. 그리고는 내게 맹렬히 달려들었다. 이 새로운 도전은 내가 감당하기엔 너무 힘들었다. 나는 황급히 도망쳐야 했다. 위험에 처한 아이들이 그러하듯, 나도 모르게 원초적인 울음소리가 가슴속에서 솟아올랐다.

"엄마!"

누구든지 적에게 등을 돌릴 때는 아주 어리석든지 아니면 아주 용감해져야 한다. 그런데 나는 용감한 쪽은 아니었다. 때문에 나는 그 대가를 톡톡히 치러야 했다.

그는 도망치고 있는 나를 악착같이 붙잡았다. 마침내 나는 뭔가에 걸려 넘어졌다. 그는 내 몸 위로 뛰어올라 짓누르며 피에 굶주린 듯 환호성을 질러댔다.

사촌형이 달려와 괭이로 내리치지 않았다면 아마도 녀석은 내 등을 쪼아 짓이겨놓았을지도 모른다. 나는 짚더미로 내던져진 녀석이 죽었을 거라고 생각했다. 그러나 저녁 나절 수탉은 짚더미에서 나와 자신의 무기력함을 시인한 듯 시무룩하게 처져 있었다.

"너희 둘은 함께 지낼 수 없는 모양이다. 내일 수탉을 통째로 구워 먹어야겠다."

내 상처를 씻어주며 숙모가 말했다.

다음날 사촌형과 나는 수탉을 잡는 일에 착수했다. 그 불쌍한 녀석은 자신의 운명이 다했다는 걸 용케도 알아챘는지, 타조처럼 재빠르게 이리저리 도망쳤다. 녀석은 닭장이 있는 뜰로 달아나더니 짚더미 속에 몸을 숨겼다. 마지막으로 그는 파닥거리며 지하실로 들어갔다. 더 이상 도망갈 수 없는 그곳에서 녀석은 붙잡혔다. 녀석은 절망하는 것 같았고, 눈에는 서글픈 치욕이 가득했다.

그는 내게 이렇게 말하는 것 같았다.

"그래! 너와 나는 적이었어. 그러나 그것은 남자 대 남자로서의 영예로운 전쟁이었다. 하지만 지금 나는 네가 이처럼 비열한 수단을 사용할 줄은 몰랐어."

나는 아찔해지는 느낌이 들어 돌아섰다. 그와의 싸움은 승리로 끝났지만, 어쩐지 내가 패했다는 느낌을 지울 수 없었다.

잠시 후 사촌형은 그의 머리를 제거해버렸다. 수탉은 몸을 뒤틀면서 경련을 일으켰다. 그는 피가 솟구치는 목을 감추려는 듯 날개를 파닥거리다가 이내 잠잠해졌다.

이제 생활은 안전해졌다. 그러나 지금껏 있어왔던 재미는 한꺼번에 사라져버렸다.

그는 내게 훌륭한 저녁식사를 제공했다. 그리고 향기로운 밤으로 만든 맛있는 소스는 예상치 못한 순간에 다가왔던 얼마간의 슬픔과 허전함에서 벗어나게 해주었다.

지금 생각해보면 그는 정말 훌륭한 싸움꾼이었다.

그러나 그는 너무 뒤늦게 태어났다. 수탉끼리 명예를 쟁취하려고 닭싸움을 벌이던 시절은 이미 오래 전에 지나가버렸다. 그가 나와 같은 인간에게 싸움을 걸어오는 것은 애당초 그 시작부터 무의미했다.

돈 빌리는 사람

　돈을 빌리려는 사람이 미리 연락하거나 전보를 보내진 않는다. 모든 일은 갑작스럽게 벌어진다.
　돈을 빌리려는 사람은 용건을 말하기 전에 우선 폭넓은 문화적 관심사나, 심지어 우주에 대해 토론을 벌인다. 그리고 당신이 어떤 주제에 대해 말하는 동안 지나친 관심을 보이며 경청한다. 이어 대화를 통해 따뜻한 인간관계가 형성되었다고 여겨지면 대화 중에 생긴 첫 번째 틈을 타 우주적인 차원에서 슬며시 아래로 내려온다. 그리고 이렇게 말한다.
　"말이 나왔으니 말인데, 내게 1테너(10달러)를 보름만 빌려줄 수 있겠나?"
　이처럼 갑작스러운 화제 변화는 내 상상력을 무참히 꺾어버리고 나를 당혹스럽게 만든다. 정말로 이해할 수 없는 것은 어째서 그것이 꼭 '말이 나온 김에 하는 말'이냐는 것이다. 그러나 그것이 돈 빌리는 사람의 수법이니 어쩌랴. 그들은 어떠한 순간적 상황도 자신에게 유리하도록 만드는 능력이 있다.

처음 몇 초 동안 나는 당황한다. 그리고 그것은 곧 재난으로 바뀌고 만다. 즉시 대답하지 않는다는 것은 내게 여분의 돈이 있다는 걸 의미한다. 그리고 일단 머뭇거린 후에는, 내가 그 돈을 다른 곳에 써야 한다는 것을 증명하기란 이 세상에서 가장 어려운 일이 된다. 오로지 고분고분 돈을 내주는 수밖에 없다.

물론 이 세상에는 빌려간 돈을 제때에 돌려주는 특이한 사람들이 있긴 하다. 사실 그들은 여러 사람에게 커다란 해를 끼치는 셈이다. 만일 그런 사람들이 없다면 채권자는 절대로 돈을 빌려주지 않을 것이고, 결국 고질적으로 돈을 떼먹는 족속들도 오래 전에 사라졌을 테니까 말이다. 즉 이런 특이한 사람들에 대한 신뢰 덕분에 돈을 떼어먹는 얌체족들이 끊임없이 번창하고 있는 것이다. 결국 돈을 꾸어주는 행위는 적선하는 것과 다를 바 없다.

언젠가 한번은 명백히 이 적선을 거절한 적이 있었다. 그러나 나는 곧 후회하고 말았다.

우리는 어느 카페에서 만났다. 다른 사람들을 돌아보는 고약한 버릇만 없었더라도 나는 그를 보지 못했을 것이다. 불행히도 우리는 눈이 마주쳤고, 어쩔 수 없이 나는 그에게 인사했다. 분명 그는 자기 자

리가 있는데도 자리를 박차고 일어나더니, 쾌활한 미소를 지으며 내 쪽으로 건너왔다.

"어이, 이 친구! 그래 고향 분들은 다들 무고하신가?"

그는 멀리서부터 우렁찬 소리로 인사하며 다가왔다.

나는 굳은 표정을 지었으나, 때는 이미 늦고 말았다. 그저 담뱃불 빌리는 정도의 사이인데도 친구라는 호칭을 들먹이며 고향 안부까지 물어오는 사람들이 있다.

나는 그로부터 오는 모든 친근감이나 반가움의 수작을 받아들이지 않기로 마음먹었다. 잠시 후 그의 비열하고도 유들유들한 작전은 바닥을 드러냈다. 그러자 그는 자신의 숙명적인 문제를 꺼내놓았다.

"말이 나왔으니 하는 말인데, 자네 돈 즘 갖고 있나?"

"나도 돈이 없는데."

나는 한숨을 쉬며 맥없이 주머니 치는 시늉을 했다. 이어 내 지갑을 툭툭 쳐 보이기까지 했다. 돈을 빌릴 뻔한 이 사람은 낙담하는 표정을 지었다. 속으로 나는 단호함을 잘 보여주었다고 여겼다. 하지만 그가 낙담하는 모습을 보자 금방 마음이 약해져 이렇게 말하고 말았다.

"자네가 돈이 꼭 필요하다면 다른 친구에게 알아볼 수는 있네."

"그래주겠나?"

그는 금세 기가 되살아났다.

"지금 전화해주지 않겠나? 얼마든지 기다리겠네."

그는 얼른 내 앞에 앉았다. 사태는 예기치 않은 방향으로 흘렀다.

"여기서 먼 곳에 살고 있는 친군데……."

나는 되살아난 그의 열의를 꺾어놓고, 다시 낙심하게 만들려고 애썼다.

"그럼 뭐 어떤가?"

그는 자신의 되살아난 희망이 꺾이는 걸 용납하려 들지 않았다. 그는 조금 전의 절망에 굴복하기를 거부하며 경쾌하게 말했다.

"기다리는 동안 커피 한잔 마시고 있겠네."

그는 내가 탁자 위에 놓아둔 담뱃갑에서 담배를 꺼내 물었다. 자신의 모든 것을 내 손에 맡기겠다는 태도였다.

"하지만 방금 식사를 주문했는데……."

나는 자신도 모르게 방어적인 자세를 취하며 말했다.

"음식이 나오기 전에 다녀오면 되잖나. 만일 그동안 식사가 나오면 내가 자네 대신 식사를 하고, 자네는 나중에 다시 주문하면 되지 않겠나."

간단히 말해 내가 진 것이다. 자연의 섭리에 맞서 싸운다는 것은 소용없는 일이다. 즉흥적으로 거짓말을 하는 재주가 없는 한 더 이상 애쓰지 않는 게 낫다.

나는 따뜻한 카페에서 눈이 녹아 질퍽거리는 거리로 나왔다. 사실 전화할 곳이 없었지만 모퉁이를 돌아 공중전화 부스로 들어갔다.

그곳에서 나는 15분쯤 머물렀다. 우선 지갑에서 그가 필요하다는 돈을 꺼내 한쪽 주머니에 넣은 다음 음식값을 꺼내 다른 주머니에 넣었다. 지갑을 다시 주머니에 넣을 때는 빈 지갑이나 다름없었다.

그러고 나서 거리에 진열된 신문을 훑어보며 천천히 카페로 돌아왔다. 주머니를 혼동할까봐, 그리고 머릿속에 짜 맞추어놓은 거짓말이 헝클어질까 신경을 쓴 탓에 방금 본 신문의 내용은 하나도 눈에 들어오지 않았다.

카페로 돌아오니 그는 내 저녁식사를 모두 해치우고 내 커피를 막 마시려는 참이었다. 돈을 건네주자 그는 세어보지도 않고 주머니에 넣었다. 순간 나는 그 돈이 내 주머니로 돌아오기까지 참으로 멀고도 험난한 여정을 거쳐야 하리라는 걸 느꼈다. 사실이 그랬다.

"자네 커피를 주문해놓았네. 곧 내올 걸세."

그가 자상하게 말했다.

결국 나는 커피만 마실 수밖에 없었다. 식욕이 싹 가셨기 때문이다. 여종업원이 커피를 가져왔는데, 계산서도 함께였다. 저녁 값(먹기는 그가 먹었지만)을 내가 지불하고 나자 그는 그녀에게 팁을 후하게 주었다. 나의 인색함을 자기가 대신 보상하겠다는 듯이. 그 자신은 권태로우면서도 고귀한 부자의 이미지를 마음껏 풍기면서.

그렇다. 채무자들이란 모두 그런 식이다. 그들은 당신을 택시로 안내해 당신을 먼저 태우고 나중에 내리게 한다. 당신이 택시비를 수월하게 지불할 수 있도록.

일찍이 셰익스피어는 돈을 꿔주면 돈과 친구를 모두 잃는다고 말했다. 그러나 나는 그 반대였다. 아니, 돈을 잃는 것은 분명하지만 미덥지 않은 친구 하나가 오히려 생겼다.

어느 날, 나는 그에게 하지 않아도 될 말을 했다. 즉 사람들은 누구나 이 사회에 큰 빚을 지고 있다고 말한 것이다. 그도 내 말에 즉시 동의했다. 이어 나는 그 큰 빚이란 사실, 때로는 귀찮지만 우리가 반드시 갚아야 할 작은 빚들이 모인 것이라고 조심스레 덧붙였다. 그러나 이번만큼은 동의하려 들지 않았다. 그는 큰 빚이란 작은 빚이 모인 것이 아니라 한 개의 큰 빚인데, 그것은 우리가 저속한 인간이 되고 싶지 않은 이상 함부로 써서는 안 되는 것이라고 주장했다. 더욱이 그는 큰 빚에 대한 나의 개념 속에서 진보적인 러시아 비평가들이 오래 전부터 비판해왔던 작은 업적론을 떠올리는 것 같았다. 나는 이 난공불락의 요새를 정복하느라 많은 대가를 지불하느니 그냥 후퇴하는 편이 나을 거라고 판단해 더 이상 토를 달지 않았다.

그런데 한 가지 확고한 사실은 있다. 돈을 꿔주는 데 매우 양심적인 사람이 작은 양심을 지닌 사람보다 훨씬 더 거절하기 쉽다는 사실이다. 매우 양심적인 사람에게 거절했을 경우, 그들은 단지 우리가 떼일까봐 거절한 것이 아니라는 사실을 이해하려 하고, 거기에 스스로 마음의 위로를 받기 때문이다.

인생은 상습적인 더부살이들로 인해 더욱더 고달프다. 그런 사람들에게 돈을 꿔주면 손해본다는 것을 우리는 뻔히 알고 있다. 그들 또한 우리가 그걸 알고 있다는 것을 너무나 잘 알고 있다. 이런 사실은 미묘한 상황을 야기한다. 나의 거절이 곧 그들의 평판을 해치는 것으로 간주되지나 않을까 망설이게 한다는 점이다. 우리가 그를 잠재적인 강탈자로 취급한다면 그는 심한 모욕감을 느끼고 그에 상응한 대가를 준비하려 할 것이다.

내게 돈을 빌려간 어떤 사람에 대해서는 할 이야기가 더 많다. 이 이야기를 하면서 나는 다음과 같은 사실을 숨기지 않겠다. 즉 이 글은 순수한 연구 목적 외에 두 가지의 목적이 더 있다는 점이다. 나는 이 이야기를 통해 손상된 나의 인류애를 회복하고, 이 글을 혹시 보게 되는 다른 채무자들을 겁주는 데 이용하고 싶다는 점이다. 사실 그런 사람이 그렇게 많지는 않다. 2천만 명 중 고작 일곱 명 내지 여덟 명밖에 되지 않는다. 이는 전체 인구에 비해 아주 소소한 비율일 뿐이다. 그러나 이 글이 오래 전에 잃었던 돈을 되찾아줌과 동시에 누군가의 양심을 일깨워준다면 얼마나 기쁘겠는가. 한마디 더 한다면, 빌려준 돈을 뜻밖에 돌려받게 되는 것이야말로 가장 제때에 돌려받는 것이다. 반면 제 날짜에 받는 빚이야말로 가장 뜻밖의 일이다.

꽤 그럴듯한 말이 아닌가? 이처럼 자신이 입은 손해에 대해 말하려고 하면, 그 목소리가 어느새 천재적인 영감이 담긴 어투로 변한다는 것을 방금 나는 알게 되었다.

사건의 발단은 내가 모처에서 큰돈을 받게 된 데서 출발한다. 돈의 출처는 이 사건과 상관없기 때문에 굳이 어떤 곳인지는 밝히지 않겠다. 또한 독자들 중에는 누구나 그곳에 가기만 하면 내가 받은 만큼의 돈을 거저 얻을 수 있다고 생각할지도 모르기 때문이다.

갑자기 큰돈이 생긴 경우, 으레 빠지기 쉬운 흥분을 억누르고 나는 황홀함을 만끽할 만한 운송수단을 하나 마련하기로 했다. 하지만 자동차에 대한 생각만큼은 즉시 퇴짜를 놓았다. 우선 자동차는 면허증이 있어야 했다. 뭐, 돈을 주고 면허증을 사는 사람도 있기는 한 모양이다. 하지만 그것은 정말 어리석은 짓이다. 먼저 자동차를 사고 난 다음 면허증을 산다고 하자. 그러다가 어느 날 사고가 나면 자동차와 면허증을 한꺼번에 잃어버린다. 지극히도 운 없는 날이 나를 용케 피해갈 거라고는 생각지 말자. 게다가 그 당시 나는 자동차를 사는 데 필요한 돈을 5분의 1밖에 갖고 있지 않았다.

이런 이유로 나는 자동차를 갖겠다는 생각을 일찌감치 포기했다. 내 상상 속의 바퀴 네 개 가운데 하나를 빼낸 것이다. 그 결과 자동차는 바퀴 셋 달린 오토바이와 사이드카로 바뀌었다.

그러나 심사숙고 끝에 나는 이 오토바이도 내게 맞지 않는다고 판단했다. 불균형한 외양 때문이었다. 나는 비대칭의 삼각형이 신경에 거슬렸다. 게다가 오토바이에 매달린 사이드카는 종국에 길 옆의 기둥에 부딪혀 망가지게 되리라는 걸 알고 있었다.

결국 나는 바퀴가 둘 달린 자전거를 택했다. 나는 자전거가 다른 운송수단보다 유리한 점이 많다는 것을 알게 되었다. 자전거는 가볍고 소음이 적으며 가장 믿음이 갔다. 더욱이 동력이 나 자신의 에너지로 공급되기 때문에 기름값도 절약할 수 있었다. 말하자면 완전히 자급자족하는 운송수단이었다.

약 한 달 동안 나는 자전거를 타고 다니면서 어릿광대처럼 즐거워했다. 그러던 어느 날, 전속력으로 거리를 달리고 있을 때였다. 갑자기 버스 한 대가 나를 향해 급회전해왔다. 버스의 뜨거운 라디에이터가 얼굴에 느껴지는 순간, 나는 사색이 되어 자전거 핸들을 홱 돌렸다. 자전거는 곧장 인도로 뛰어들었다. 거기서도 속도를 늦추지 못한

나는 그대로 자전거를 몰고 시계가게로 돌진했다.

"도대체 무슨 일이야?"

시계 기술자들 중 한 명이 벌떡 일어나며 고함을 질렀다. 그 바람에 예레반 자명종시계가 꽹과리 같은 소리를 내며 마룻바닥으로 떨어졌다.

"부서진 것을 보상하도록 하겠습니다."

계산대 앞에서 자전거를 급정거한 나는 침착하게 말했다.

"미친 사람인가봐!"

계산대에 있던 여자가 고함을 질렀다. 그녀는 겁먹은 얼굴로 황급히 지불창구의 문을 쾅하고 닫았다. 나는 그녀가 지른 고함소리에서 뜻밖의 실마리를 얻었다.

나는 정신을 가다듬었다. 그리고 그녀가 말한 미치광이라는 이미지가 손상되지 않도록 조용히 자전거를 끌고 밖으로 나왔다. 슬그머니 뒤돌아보니 다른 시계 기술자가 눈에 썼던 확대경을 떼어내고 멍청히 나를 바라보고 있었다.

그때 나는 신기하게도 시계 기술자의 확대경과 귀족들이 쓰는 외눈안경이 비슷한 용도를 가졌을 거라는 생각이 들었다. 시계 기술자는 작은 시계를 들여다보려고 확대경을 쓰는데, 외눈안경을 쓰는 귀족은 뭘 확대해 보겠다는 것인지 문득 궁금해졌다. 아무튼 이런 생각은 사건의 해결과 별 연관이 없었다.

나는 자전거를 끌고 집으로 돌아왔다. 그러면서 나는 새로운 사실을 깨우쳤다. 즉 사람이 자전거 안장에 앉아 있는 것보다 걷는 것이 생각에 몰두하기가 훨씬 쉽다는 점이었다. 뿐만 아니라 걷는 것이 훨씬 더 안전하다는 생각도 들었다. 그래서 나는 더 이상 자전거를 타지 않기로 결심했다. 자전거로 버스와 상대한다는 것은 페더급 선수가 헤비급 선수와 맞붙으려고 링에 오르는 것과 다름없었다. 집에 도착하자 나는 자전거를 헛간에 처박아두었다. 그후로 얼마 동안 자전거를 잊어버리고 지냈다.

한 달쯤 지나 먼 친척뻘 되는 사람이 우리 집을 찾아왔다. 그는 내게 자전거에 대한 얘기를 꺼냈다. 대체로 오랫동안 왕래가 없던 친척이 찾아올 경우, 별로 기대하지 않는 게 좋다. 우리가 기반을 닦으려고 열심히 일하는 동안 그 친척은 어디서 여자 꽁무니나 쫓아다니지 않았으면 다행인 사람이다. 그러다가 내가 어느 정도 기반을 잡고 자전거라도 한 대 갖게 되자 얼굴에 철판을 깔고 나타나는 것이다. 그는 이가 드러나도록 웃으며 새삼스레 거창한 친족관계를 확인하려 들기 일쑤다.

방화 가죽 재킷을 입고 거칠고 힘차게 악수를 해대는 땅딸막하고 살찐 사나이를 한번 상상해보라. 그는 시내에 있는 주유소에서 일하고 있으며 시내에서 10킬로미터쯤 떨어진 마을에 살고 있었다. 그는 농부이자 노동자였다. 즉 소비에트에서 말하는 승리자 계급을 두 개나 갖고 있는 몸이었다.

그 바네치카 맘바가 지금 내 앞에 서 있었다. 그가 입고 있는 가죽 재킷의 주름진 구석구석에서 에너지가 넘쳐나고 있었다. 그 에너지는 부리부리한 눈빛에서, 빡빡하게 들어찬 그의 이 사이에서 동시에 새어나왔다. 그의 이는 코카서스인들의 옷자락 속에 보이는 빡빡한 탄띠처럼 느껴졌다. 그는 술항아리 가득 석유를 마시고 담배를 피워 물어도 끄떡없을 사람이었다.

"어이, 잘 있었나?"

그는 내 손을 움켜쥐었다. 위대한 의지력을 가진 사람만이 할 수 있는 거친 악수였다.

"어이, 이 사람, 바네치카 아닌가! 도대체 그동안 어떻게 지냈나?"

하는 수 없이 내가 물었다.

"자네가 자전거를 팔고 싶어한다는 소문을 들었지. 내가 사겠네."

도대체 그는 어떻게 해서 내가 자전거를 팔려 한다고 생각했는지 알 수 없었다. 더구나 내 자전거의 존재를 그가 알고 있다는 것조차 짐작하지 못했다. 하지만 바네치카 맘바는 누구든지, 그 당사자보다 상대방을 더 잘 알고 있는 부류의 사람이었다. 어쨌든 못 팔 건 없었다. 오히려 절호의 기회였다.

"그렇다네. 하지만 팔고 안 팔고는 흥정하기에 달렸지."

"얼마나 받을 셈인가?"

"우선 한번 보지 않겠나?"

"벌써 봐두었네. 헛간 문이 열려 있더군."

그가 히죽 웃으며 말했다.

자전거는 8백 루블 정도를 주고 산 것이었다. 나는 쓰던 것이니 만큼 1백 루블을 내려서 말했다.

"7백 루블로 하지."

"그건 안 돼."

"그럼 얼마면 되겠나?"

"3백 루블!"

바야흐로 우리는 흥정에 들어갔다. 한쪽은 올리려 하고, 다른 쪽은 내리려 할 것이다. 그러다가 어느 시점에서 우리의 타산이 만날 것이다.

"좋아, 6백 루블."

"한가한 소리 하는구먼. 3백 루블이 어디 나무에서 자라기라도 하나?"

"하지만 이건 자전거 아닌가?"

"요즘 자전거 타는 사람이 어디 있나? 시골 우체부나 타고 다니지."

"그럼 자네는 왜 사겠다는 건가?"

"직장이 멀어서 그렇지. 잠시만 탈 거야, 자동차를 살 때까지."

"자동차 살 사람이 자전거 가지고 꽤 쩨쩨하게 구는구먼."

"그게 내가 자동차를 살 수 있게 된 이유지."

따져봐야 무슨 소용이 있겠는가? 이 사람이 누군가? 우리 마을에서, 특히 운전사들 사이에서 소문난, 바로 그 바네치카 맘바가 아닌가?

"그러면 얼마를 생각하고 있나?"

"말한 대로일세. 자네가 그걸 시장에 내다팔 것도 아니잖는가?"

"물론 아니지."

"그렇다고 중고품 가게에서 받아주지도 않을 테고 말이야."

"그럼 좋네. 뭐, 사정을 다 알고 있는 것 같으니 4백 루블만 내게."

"좋아. 3백50루블로 하지, 서로 공평하게. 아무튼 우리는 친척지간 아닌가."

"예끼, 이 사람. 그렇게 하게나. 그나저나 내가 자전거를 팔 거라는 걸 어떻게 알았나?"

"자네가 타고 다니는 모습을 봤지. 아무래도 오래 탈 사람 같지 않더군. 어디 들이받아서 다치거나, 아니면 팔아치울 거라고 생각했지."

바네치카는 알뜰한 시선으로 방 안을 둘러보더니 예의 탄알 같은 이를 드러내며 웃어 보였다.

"뭐, 더 팔 것이 없나?"

"없네. 그만하면 충분하네."

우리는 현관문을 나섰다. 나는 계단에 서 있었고, 그는 마당으로 내려가 헛간에서 자전거를 끌고 나왔다.

"펌프는 어디 있나?"

"어떤 애들이 훔쳐갔네."

"그러고도 그렇게 흥정하려 했나?"

바네치카는 자전거에 올라타고 마당을 한 바퀴 돌면서 핀잔을 주었다.

"헛간에 자물쇠를 채워두는 게 좋을 걸세. 내가 좋은 자물통을 하나 갖다주겠네."

"자물쇠 걱정은 말게나. 자전거 값이나 내지."

"다음주 일요일에 배를 팔면 갖다주겠네."

그는 자전거에서 내리지도 않고 곧장 마당을 빠져나갔다.

그 광경을 바라보는 내 마음이 유쾌할 리 없었다. 하지만 어쩌겠는가? 촌수가 멀긴 했지만, 그는 나와 친척지간인걸. 나는 다시금 이 말을 하지 않을 수 없다. 가까운 친구 하나가 먼 친척 열보다 낫다. 그런데 이 말은 널리 사람들 사이에서 이해되지 못하고 있다. 특히 이 지구상의 우리 마을에서는.

1주일 후, 나는 거리에서 그를 만났다.

"그래, 자네 배를 팔았나?"

"그렇다네. 하지만 자네도 사정을 알잖나. 올해 배가 풍작이라서 말이지. 차라리 팔지 않고 돼지한테 주는 편이 훨씬 이익이었을 게야."

"돈 좀 벌지 못했나?"

"우리 집 여자들 옷이나 사줄 정도였지. 내게 딸이 다섯이나 있지 않나? 그리고 아내는 또 임신 중이네. 그것들 때문에 내가 망한다고, 망할 것들."

"왜 그리 아내를 고생시키나? 좀 쉬게 두지 않고."

"아들이 하나는 있어야지. 돈 말인데, 자네를 실망시키진 않겠네. 곧 포도가 익을 것이고, 그러고 나면 감이, 그 다음엔 귤이 익을 걸세. 어쨌든 그것들 중 하나는 수지가 맞을 거야."

"그래, 잘해보게나."

그리고 우리는 헤어졌다. 돈을 꿔간 사람에게는 사려 깊게 대해줘야 한다. 그리고 그를 치켜줘야 한다. 때로는 그가 굉장히 정직하고 믿을 만한 사람이라는 소문을 퍼뜨려야 한다.

포도철이 왔고, 또 갔다. 그러고 나서 감이, 그 다음에 귤 수확기가 지나갔다. 그런데도 바네치카는 여전히 감감무소식이었다.

우연히 나는 그의 아내가 또 딸을 낳았다는 소문을 들었다. 나는 그에게 축하편지를 보내면서 내 존재를 상기시키기로 했다. 그 내용은 뻔하지 않은가.

득녀를 축하하네. 언제 한번 놀러오게나. 나는 여전히 그 집에 살고 있네. 와서 함께 포도주나 한잔하세.

1주일 후 답장이 왔다.

자네 글씨가 왜 그 모양인가. 우리 큰딸이 그걸 읽느라고 아주 혼났네. 축하 고맙네. 아내는 또 딸을 낳았네. 나는 이제 이름이 혼동될 지경이라네. 그런데 요즘 우리 마을에 전기가 들어왔어. 돈 나갈 곳이 하나 더 생긴 셈이지. 하지만 자네에게 진 빚은 잊지 않고 있네. 부디 걱정 말게나. 바네치카 맘바는 어떻게든 일어설 걸세.

편지 끝에 그는 이렇게 덧붙였다. 헛간에 자물쇠를 달았는지 궁금하다면서, 아직 달지 않았다면 자기가 하나 갖다주겠노라고.

'자, 이건 내 돈에 대한 작별을 고하는 뜻이다' 라고 나는 생각했다. 이듬해 여름이 될 때까지 나는 그를 만나지 못했다. 그 빚에 대해서는 거의 잊어버렸을 무렵이었다.
 어느 날, 시장 길을 걷고 있는데 귀에 익은 목소리가 들렸다. 주위를 둘러보니 바네치카 맘바가 산더미 같은 수박을 앞에 두고 서 있었다. 그는 큰 수박 조각을 한 입 베어 물고 반짝반짝 빛나는 이로 우적우적 씹고 있었다.
 "맘바 수박이오! 내가 다 먹어치우기 전에 어서 와서 사가시오!"
 그는 이렇게 외치고 있었다. 어느새 그는 수박장사로 변신해 있었다.
 한 여자 손님이 지나가다가 맘바네 수박이란 도대체 어떤 수박이냐고 물었다.
 "맘바네 수박을 모르신단 말이에요?"
 바네치카가 눈을 동그랗게 뜨고 웃으면서 말했다. 그리고 칼로 한 조각을 베어내 부인의 얼굴 앞으로 들이밀었다.
 "아니에요. 사려고 그런 건 아니에요. 그저 물어보기만 한 거라고요."
 당황한 부인이 얼굴을 돌렸다.
 "안 사셔도 됩니다. 그냥 맛만 보세요."
 바네치카는 어떻게든 손님을 놓치지 않으려고 수박을 다시 한 번 부인에게 들이밀었다. 결국 그 부인은 맛을 보았다. 부인의 표정으로 보아 안 산다고 말하길 천만다행이었다고 생각하는 것 같았다.
 바네치카의 수박에는 겉면에 모두 'M' 자가 새겨져 있었다. 그것은 자기네 수박임을 표시하는 상표인 것 같았다. 갑자기 나는 그것이 궁금해졌다.

"수박은 잘 팔리는가?"

"자네 왔나?"

"이 표시는 뭘 뜻하는 건가?"

"일전에 어떤 늙은이하고 같이 마을에서 수박을 따왔다네. 한데 그 늙은이 수박과 내 수박이 혼동되면 안 되잖나. 그래서 내 수박에는 이렇게 표시를 해놓은 걸세."

그러면서 그는 자랑스럽게 웃었다. 자신의 영리함을 과시하듯이. 나는 이제 본론으로 들어가야겠다고 생각했다. 그때 갑자기 그는 내 품에 수박 한 덩이를 안겨주었다. 우리 사이에 해결해야 할 문제가 남았는데도, 그는 내가 그것을 상기시킬 시간조차 주지 않았다.

나는 완강히 거절했지만 그는 단호했다.

"우린 친척간이잖나, 안 그런가? 이 수박들은 우리가 재배하는 곳에서 직접 따온 거야. 내가 손수 재배한 거라고. 가게에서 파는 것과는 질적으로 다르단 말일세."

할 수 없이 나는 수박을 받아야 했다. 그 때문에 더 이상 어떤 문제를 상기시킨다는 것은 있을 수 없는 일이 되고 말았다. 그래서 나는 수박을 안은 채 아무 말도 못하고 돌아서야 했다. 젠장! 어쨌든 나는 자전거 대신 최소한 수박 한 통은 건진 셈이었다.

지지리 맛도 없는 맘바 수박에 대한 얘기를 나는 나중에야 얻어들을 수 있었다. 그는 노인과 함께 마을에서 수박을 내와 마차에 실었다. 시내로 운반하는 동안 노인은 마차에서 꾸벅꾸벅 졸았다. 바네치카는 해적의 칼을 꺼내 자기 수박에다 'M' 자를 표시했다. 그리고 노인의 수박 20통에도 똑같은 표시를 했다. 결국 바네치카는 맘바 수박 20통을 거저 얻은 셈이었다.

그로부터 6개월 후, 나는 친구 차를 타고 그가 일하는 주유소에 들르게 되었다. 친구는 차에 기름을 넣었다. 주유소의 한쪽에서는 바네치카가 큰 볼가 자동차에다 호스로 물을 뿌리고 있었다. 나를 보자마자 그의 얼굴은 큰 근심에 휩싸인 듯했다.

"안녕, 바네치카. 지금 뭘 하나? 세차원 같네 그려."

내가 그에게 물었다.

"아, 자넨가? ……안녕."

그가 대답했다. 그는 물을 잠그고 내게로 다가왔다.

"자넨 아무것도 모르는 체하는구먼."

"뭘 말인가?"

"얼마 전에 볼가 자동차를 하나 샀네. 저게 바로 그 자동차일세."

"좋겠구먼. 자넨 한 번 한다면 반드시 해내고야 마는 사람 아닌가."

"이렇게 무심한 사람도 내 친척이랍니다."

그가 내 친구를 돌아보며 말했다.

"나는 저 사람이 자전거를 샀을 때 한눈에 알아보았답니다. 그런데 내가 볼가 자동차를 샀는데도 저 사람은 아무것도 모른다고요. 그러고도 친척이라고 할 수 있나요? 안 그렇습니까?"

"그 자전거 얘기는 꺼내지 않는 게 자네한테 이로울 걸세."

"아니, 그건 왠가? 난 자네에게 꼭 빚을 갚을 걸세. 다 부서진데다 펌프도 없는 자전거였지만 말이야."

"그럼 어서 갚게나."

"그게 지금 당장은 곤란하다네. 마침 내가 새집을 짓고 있어서 여기 저기 빚을 얻었거든. 집만 다 지으면 모든 빚을 청산하고야 말겠어."

그가 마치 새로운 각오를 다지듯이 말했다.

"그럼 저 자동차는 집을 짓느라 얻은 빚과 아무 상관도 없겠군."

나는 물이 뚝뚝 흘러내리는 볼가 자동차를 가리키며 말했다.

"그렇다고 해야겠지. 나는 저 차를 과일을 실어나르는 데 쓸 걸세. 그런데 이놈의 차 때문에 망하고야 말겠어. 요즈음 교통경찰들은 전혀 딴 세상에서 온 사람들 같아. 뇌물을 전혀 안 받거나 너무 많이 달라고 해서 말이야. 어느 쪽이든 곤란을 당하는 것은 나란 말이야. 차를 지니고 있다는 것은 이렇게 고역스럽다네."

우리가 차를 몰고 주유소에서 나오자 친구가 내게 말했다.

"저 바네치카라는 자네 친척 말이야. 기름을 빼돌리고 있어. 언젠가는 잡히고 말 거야."

"그런가? 그럼 큰일이군."

말은 그렇게 했지만, 나는 그가 영원히 걸려들지 않을 거라고 확신했다.

그로부터 얼마 후, 나는 길을 가다가 평소에 잘 아는 사람을 만났다. 그가 말했다.

"자네, 소문 들었나? 바네치카 맘바가 병원에 실려갔는데, 중태라고 하더구먼."

"왜 그렇게 됐나? 주유소가 터지기라도 했나?"

"아니, 석회 구덩이에 빠졌다네. 새집을 짓고 있었거든."
"걱정하지 말게. 바네치카는 반드시 살아날 걸세."
"그리 낙관할 게 아냐. 사람들 말로는, 죽은 사람 같다던데?"

바네치카는 한 달 가량 병원에 입원해 있었다. 나는 그를 병문안 가려 했지만 어쩐지 꺼림칙했다. 그가 죽기 전에 내가 돈을 받으러 왔다고 생각할지도 모르는 일이었다. 때문에 나는 그를 보러 가지 않았다.

얼마 후, 그가 자리에서 일어났다는 소문을 들었다. 그는 다른 사람들의 걱정을 비웃기라도 하듯 다시 살아났다. 분명 나는 그가 그럴 거라고 믿었다. 이 세상에서 그가 정복하지 못하는 것은 어떤 것도 존재하지 않았다. 죽음까지도. 정말이지 그와 비견되는 사람은 아무도 없었다.

얼마 후, 바네치카에게는 축하할 일이 두 가지 생겼다. 집들이와 득남이었다.

나는 그런 축하잔치에 이력이 나 있었다. 그런 일에는 대개 축하객이 이삼백 명 정도 온다. 그들은 밤늦도록 자리에 앉아 있지 않는다. 모든 준비 과정도 그렇고, 주인공이 나타나기를 지루하게 기다리는 시간도 그렇다. 그런데 가장 신물나게 하는 것은 하객들이 가져가야 할 선물이다.

마을의 대표자가 마당 한가운데 서 있고, 그 옆 탁자에는 한 소녀가 앉아 있다. 소녀는 연필에 침을 발라가며 손님들이 뭘 가져왔는지를 연습장에 또박또박 적어 내려간다. 선물 대신 현금을 들고 오는 이들도 있지만, 대부분은 물건을 가져온다.

"달빛처럼 고운 꽃병입니다."

사회자는 손님들이 볼 수 있도록 꽃병을 높이 치켜들며 큰 소리로 외친다.

"우리 귀한 손님의 양심처럼 순수하고 깔끔하군요."

그리고 재치 있게 덧붙인다.

"다음은 러시아 오리털 이불입니다. 1개 연대가 다 덮을 만큼 크군요."

사회자는 이불을 펴며 화려한 수식어를 붙인다. 오리털 이불은 보통 크기인데도 이렇게 넉살을 떤다.

'브집' 강 지역에서 온 사람들은 이런 식의 표현을 하는 데 탁월한 능력을 지녔다. 그들의 말에는 과장이 섞이지 않는 게 없을 정도다. 사회자가 말하는 동안 손님은 그 앞에 서서 짐짓 우스꽝스럽게 겸손을 떨며 고개를 숙인다. 사실은 이름을 적는 소녀가 자기 성과 이름을 제대로 쓰는지를 확인하는 것이다. 그러고 나면 손님은 구경꾼 사이로 들어가고, 사회자는 다시 다른 선물을 예찬한다.

"황실에 어울릴 만한 테이블보입니다."

입심 좋은 사회자는 이렇게 외치면서 테이블보를 공중에 휙 펼친다. 그 모습이 마치 촌스런 악마가 망토를 휘두르는 것과 같다. 한마디로, 믿을 만한 선물이라는 것을 눈으로 확인시켜주겠다는 것이다.

물론 선물을 안 갖고 왔다고 누가 쫓아내진 않는다. 그러나 그런 사람들의 귀에는 꼭 무슨 좋지 않은 말이 들려오게 마련이다.

나는 바네치카에게 가지 않았다. 대신 축하편지를 보냈다. 나는 편지에 별다른 암시도 담지 않았다.

어느 날, 나는 어느 작은 마을의 역 광장에 서서 주위를 둘러보았다. 집으로 가려면 어떻게 가는 게 가장 좋을까 하고 생각하는 중이었다. 기차를 탈까, 아니면 차를 좀 얻어 타볼까?

그때 누군가가 내 이름을 불렀다. 바네치카였다. 그는 볼가 자동차 안에서 고개를 쑥 내밀고 있었다.

"여긴 웬일인가?"

"사업차 왔지. 자네는?"

"소치Sochi에 다녀오는 길일세. 내가 데려다줄 테니 타게나."

나는 그의 옆자리에 올라탔다. 차 안의 공기는 불법 수입한 아열대 과일의 향기로 가득 차 있었다. 바네치카를 본 것은 그가 병원에 입원해 있을 때 이후로 처음이었다. 그는 별로 변한 것이 없었다. 다만 누군가가 압지로 눌러 말아놓은 것처럼 혈색이 약간 나빠졌을 뿐이었다. 그는 전과 다름없이 쾌활했고, 이도 여전히 반짝거렸다.

"자네 편지를 받았네. 아주 큰 잔치였어, 자네가 안 와서 섭섭했지."

"자네는 어떻게 해서 그 석회 항아리(털을 없애려고 짐승 가죽을 담가 놓는 항아리)에 빠지게 되었나?"

"아, 그것 말인가? 그 일은 별로 생각하고 싶지 않네. 그때는 저 세상으로 가는 줄 알았지. 이미 갔다 온 셈이지. 그런데 아들을 낳은 건

바로 그 석회 항아리 덕이란 말일세."

"어째서?"

"아들을 낳기에는 내 몸에 석회 성분이 부족했던 것 같았어."

"이제 몸에 석회 기운을 잔뜩 갖고 있겠구먼."

"농담이 아니네. 내가 과학적인 발견을 한 것인지도 모르잖나. 자네, 잡지에다 그것에 관한 논문을 하나 써보게. 그 수입은 반반으로 나누고 말이야. 하지만 회사에서 자네 글을 실어주지는 않을 테지?"

"그건 왜?"

"자네 글씨체가 워낙 나빠서 말이야. 사람들이 무슨 말인지 알아보지 못할 테니까."

"사람 그만 놀리고, 요즘 어떻게 지내는지나 이야기해보게."

"글쎄, 뭐랄까?"

그는 점잖을 빼면서 한 손으로 라디오를 켰다. 재즈 음악이 잔잔히 흘러나왔다. 그가 다시 말했다.

"어디든 질서가 엉망이야. 그게 문제야."

"갑자기 왜 질서가 문제되었나?"

"지금 소치에 귤을 갖다주는 길일세. 그런데 2백 킬로미터의 거리에 네 번이나 귤을 검사하더란 말이야! 그걸 질서라고 할 수 있겠나? 아, 자넨 괜히 끼어들 생각 말게."

나는 참견할 생각이 전혀 없는데도 그가 이렇게 말했다.

"그 중 세 번은 통과했는데, 네 번째에서 퇴짜를 맞았네. 그게 질서인가? 자기네들끼리 의견일치를 해야 할 것 아닌가! 모두 통과시켜

주든가, 아니면 모두 퇴짜를 놓든가. 먼저 세 사람에게 돈을 집어주었다는 말을 마지막 사람에게 할 필요가 없지 않겠나? 그건 정직하지 못한 거지."

"물론 그렇군."

이렇게 말하고 나서 나는 이 정직함이란 말이 얼마나 재미있는 것인가 속으로 생각했다. 사람들은 누구나 그 말을 자기 필요에 따라 꿰맞춘다.

"이보게, 바네치카. 자네는 자동차도 있고, 집도 있고, 또 그렇게 바라던 아들도 생겼네. 이제 부정한 돈벌이는 그만두게나. 더 이상 뭘 바라는가?"

"벌집, 벌집을 갖고 싶네."

"벌집이라니?"

"꿀벌 말일세. 내 과수원이 다른 사람의 꿀벌 때문에 다 말라버리고 있네. 차라리 내가 벌을 치는 게 낫겠어. 한번 해볼 작정이네."

"그렇게 해보게. 자네가 하지 못할 것이 뭐가 있겠나?"

"혹시 꿀벌 잘 치는 사람을 알고 있나?"

"아니, 아는 사람이 없는데."

잠시 침묵이 흘렀다. 그러나 바네치카는 침묵을 지키는 사람이 아니다. 비밀스런 돈이 오갈 때말고는.

"사람들이 주택에 대해 벌이고 있는 캠페인이란 게 도대체 뭔가?"

"왜? 성가신 일이라도 있나?"

"도대체 여기저기서 시기를 해서 말이야. 사람들이 계속 불평하고 있네. 저 사람이 어떻게 새집을 샀을까, 이 차를 샀을까…… 벌써 위원장이 나를 소환했다네."

"그래?"

"내가 이렇게 말했네. '상부에서 위원회나 대표단이 찾아오면 내게 데려오시오. 여기 잘 먹고사는 농부가 있으니 말이오. 자, 나를 저 강 건너로 팔아버리고 싶소?' 라고 말이야."

"그래서 위원장이 찾아왔나? 뭐라고 하던가?"

"자기도 맡은 책임이 있다나……."

우리는 대화를 마저 끝내지 못했다. 전혀 예기치 않은 일이 생겼던 것이다.

우리는 매우 빠른 속도로 달리고 있었다. 길이 꺾어진 언덕길인데도 나는 아무 걱정도 하지 않았다. 바네치카는 군대에서 5년 동안 운전했고, 뛰어난 도로감각을 지니고 있었다. 우리가 막 마을로 들어서고 있을 때였다. 그러나 그는 속도를 늦추지 않았다. 갑자기 기차역 건너편 버스정류장에서 한 여인이 뛰쳐나오더니 성난 양처럼 마구 달려 길을 건너는 것이었다.

'늦었구나.'

그런 생각이 스치는 순간이었다. 나는 '끼익' 하는 급브레이크 소리를 들었다. 그리고 바퀴가 땅에 끌리는 마찰음, 사람들의 아우성을 들었다. 자동차는 여인을 들이받아 길 한쪽으로 떨어뜨리고 나서야 멈췄다.

사람들 몇 명이 여인 쪽으로 달려가더니 그녀를 들어 인도로 데려갔다. 그녀의 얼굴은 창백하게 굳어 있었다. 그러나 갑자기 정신을 차린 여인이 주먹을 휘두르며 사람들을 밀치고 일어섰다. 도와주던 사람들이 우르르 뒤로 밀려났다.

그때 한 젊은이가 차 쪽으로 달려오더니 고함쳤다.

"바네치카, 뭘 기다리고 있는 거요? 어서 내빼요!"

바네치카는 차를 뒤로 빼서 역 광장을 한 바퀴 돌아 중앙도로로 차를 몰았다. 속도가 너무 빨라 앞에서 달려오는 차들의 헤드라이트가 유성처럼 획 비치며 스쳐갔다.

우리는 10분쯤 미친 듯이 달렸다. 바네치카는 위기를 모면할 곳으로 도망치기 위해 안간힘을 쏟았다. 하지만 위기를 모면할 사람은 바네치카지 내가 아니었다.

"자네, 미쳤나? 속도 좀 늦추게!"

나는 주위를 둘러보았다. 교통경찰 한 사람이 오토바이로 우리를 추격하고 있었다. 바네치카가 차를 골목길로 꺾었다. 차는 자갈길 위를 덜컹거리며 달렸다. 오토바이가 잠시 사라진 듯하더니 몇 초 뒤 골목 끝에서 다시 나타났다. 바네치카는 컴컴하고 좁은 골목으로 다시 차를 꺾었다. 골목을 달리다가 그는 갑자기 브레이크를 밟았다. 그 바람에 나는 꽉 쥐고 매달려 있던 차 문에 머리를 부딪혔다. 두 걸음 정도 앞에는 새로 파놓은 구덩이가 입을 딱 벌리고 있고, 그 옆에는 커다란 콘크리트 파이프가 놓여 있었다. 바네치카가 차를 뒤로 빼려 했지만 계속 미끄러지기만 했다. 오토바이 소리는 위협을 가하듯이 점점 크게 들려왔다. 마치 운명의 시간이 다한 것처럼.

잠시 후 경찰이 오토바이에서 내렸다. 그는 엔진을 끄고 사자 조련사같이 사뿐한 걸음걸이로 다가왔다.
"왜 속도위반을 했습니까? 그리고 왜 즉시 서지 않았죠?"
"멈추라는 신호를 듣지 못했습니다."
경찰은 역 앞에서 일어난 사고에 대해서는 아무것도 모르고 있었다. 경찰은 수첩에다 뭔가를 적으며 바네치카에게 계속 질문을 던졌다. 바네치카는 차에서 내렸다. 그가 이렇게 비굴해 보이기는 처음이었다. 그는 빌고 애원하며, 자기 조상을 모두 걸면서 맹세하기도 했다. 알 만한 사람의 이름을 죄다 늘어놓고, 자기나 경찰이나 알고 보면 다 같은 동료라고 주장하기도 했다.
경찰은 내 쪽을 보며 의미심장하게 고개를 끄덕였다. 그는 지금 내가 아주 중요한 사람이라고 허풍을 떠는 게 분명했다. 마치 지방정부의 특별지시를 받아 나를 모셔가고 있는 것처럼 말하는 모양이었다. 나도 그에 맞춰 어느 정도 위엄 있는 자세를 취해주었다.
마침내 바네치카는 경찰을 구슬리는 데 성공했다. 말에 오르는 것을 도와주는 하인처럼 그는 경찰을 오토바이 쪽으로 모시고 갔다. 만약 오토바이에 고삐가 달려 있었다면 그는 그 고삐까지 잡고 있었을 것이다.
"저런 거지 같은 놈!"
경찰이 멀리 가버리자 바네치카가 느닷없이 소리쳤다. 아직 얼굴을 익히지 못한, 새로 온 경찰인 모양이었다.
차에 올라타자 그는 담배에 불을 붙였다. 오늘은 이만하면 충분히 모험을 겪었다고 생각하고 나는 차에서 내렸다.

"고맙네, 이제 나는 거의 다 왔네."

"좋을 대로 하게. 하지만 질서에 관해 내가 한 말이 맞았잖아."

이렇게 말하고 그는 시동을 걸었다.

"무슨 질서 말인가?"

"사람들이 이 길에 구덩이를 파놓았잖 않았나? 그러면 무슨 표지판이라도 세워놓았어야지, 우회로를 표시해놓지도 않았잖아? 이걸 어디 질서라고 할 수 있겠어?"

나는 맥없이 두 팔을 펴 보였다.

나는 차가 골목을 막고 있는 바람에 그 자리에서 기다려야 했다. 바네치카가 차를 서서히 후진시켰다. 나는 차 안에 앉아 있는 그의 단호한 얼굴을 보았다. 거리의 가로등 불빛을 받은 그의 뺨은 인정사정 없는 정복자의 볼처럼 움푹 파여 있었다.

그렇다, 그것이 바네치카였다. 인색하고, 무례하며, 언제나 요란하고 쾌활한 사람. 물론 그는 바보가 아니었다. 그러나 나는 결코 누구에게도 그와 수박 거래를 하라고 추천하진 않을 것이다. 차에서 내려 길을 걸으니 기분이 상쾌해졌다.

나는 교통사고에 대한 공포감을 갖고 있다. 특히 보행자에 관한 사고일 때는 더 그렇다. 그날 여자가 큰 상처를 입지 않은 것은 천만다행이었다. 그 여인은 다치지 않고 놀라기만 했던 모양이다.

오래 전 어느 날, 나는 침울한 기분으로 모스크바 거리를 걷고 있었다. 대학을 졸업하려던 참이었는데, 교수들이 내 학위 논문을 받아주지 않았다. 논문에는 교수들이 좋아하지 않는 내용이 들어 있었다. 그들은 그것을 두려워했다. 사실 그 논문은 오히려 다른 부분에 오류가 있었다. 학과장이나 나 자신도 이 점을 나중에야 찾아냈다. 내가 논문에 대해 설명해야 했을 때 다행히도 그 약점이 드러났다. 그제야 나는 교수들로부터 좋은 점수를 받았고 논문이 통과되었다.

그날 나는 낙심한 채 거리를 걷고 있었다. 날씨는 춥고 길은 미끄러웠다. 보도에는 녹다 만 얼음이 깔려 있었다. 그때 두 건물 사이의 좁은 골목에서 트럭 한 대가 후진하고 있는 것이 보였다. 마침 길에는 두 명의 어린애가 있었다. 하나는 여덟 살쯤 되어 보였고, 다른 아이는 네 살 정도였다. 트럭이 가까이 오는 것을 보고 큰 아이가 작은 아이를 두고 얼른 몸을 피했다. 나는 있는 힘을 다해 소리를 질렀다. 그러나 작은 아이는 아무 소리도 듣지 못했다. 그 꼬마는 비둘기들을 바라보느라 다른 것은 생각지도 못하고 있었다. 그것은 오로지 철학자와 어린이들만이 알고 있는 몰아의 경지였다.

꼬마는 너무 작아 트럭의 꽁무니가 이미 그의 머리 위를 지나고 있는데도 트럭 운전사는 전혀 알아채지 못했다. 나는 한걸음에 달려가 가까스로 꼬마를 끌어냈다. 트럭이 느리게 움직인 게 천만다행이었다. 녹다 만 얼음이 운전사로 하여금 조심운전을 하게 한 것이었다. 그런데도 작은 아이는 조금 전에 무슨 일이 일어났는지 전혀 모르고 있었다. 그의 몸은 두툼한 옷으로 감싸져 있고, 귀마개가 달린 털모자 아래로 작고 해맑은 얼굴이 빼꼼 나와 있었다.

어머니나 운전사들이 만일의 불상사를 모두 대비할 수는 없다. 그

리고 모든 보행자는 그런 경우를 당할 가능성을 항상 염두에 두어야 한다. 순간 나는 마음속으로 확고한 결론을 내렸다. 인생의 의미는 논문에 있는 것도 아니고, 더욱이 교수들의 견해에 있는 것도 아니다. 인생의 의미는 우리가 확실히 알지 못하는 어떤 다른 곳에 있다.

어쩌면 인생의 의미는 보행자의 자유로운 걸음걸이에 있지 않을까? 사실 모든 자동차와 비행기, 기차는 보행자들이 끌어주거나 밀어주는 유모차와 다를 바가 없다.

오랫동안 남의 차 안에 갇혀 있다가 굳은 땅을 딛으며 걷는 것은 상쾌한 해방이었다. 이 세상은 남에게 맡겨진 것이 아니라 우리의 것이다. 누가 혹은 무엇이 이 지구를 돌아가게 하든, 우리는 누구의 조종에 의해 움직이고 있는 것이 아니다. 우리 자신이 우리를 움직이는 것이다. 그렇다고 우리는 다른 어느 누구를 차에 치이게 해선 안 된다. 물론 누군가가 당신을 다치게 할지도 모른다. 그것은 떨어지는 벽돌에 머리를 맞는 일과 흡사하다. 중요한 것은 우리가 벽돌을 던지지 않는 것이다.

집으로 걸어오면서 나는 자동차를 사지 않고, 또 내 자전거도 팔아버린 데 대해 자축했다.

지금도 나는 시속 5킬로미터 이하의 속도로 길을 걸어갈 때 가장 훌륭한 생각이 머릿속에 떠오른다고 생각한다.

어느 여름날의 이야기

어느 무더운 여름날, 나는 방파제 부근에 앉아 견과 부스러기를 얹은 아이스크림을 먹고 있었다. 그것은 이 지방에서 파는 아이스크림이었는데, 단단하고 작은 아이스크림 덩어리를 금속 접시에 담아 그 위에 견과(정확히 말하면 땅콩 부스러기)를 뿌린 것이었다. 나는 견과를 뿌리지 말라고 할 걸 그랬다고 생각했지만, 다른 사람들이 그대로 먹는 것을 보고 나도 그냥 받아왔다.

아이스크림을 파는 카운터의 아가씨는 빳빳하게 풀먹인 흰 겉옷을 입고 있었다. 그 때문인지 그녀는 시원하고 쾌활해 보였다. 그녀는 천천히, 그러나 일정한 리듬으로 조용히 일하고 있었다. 어느 누구도 그녀의 몸에 밴 리듬이 깨지는 것을 원치 않았다.

그날은 날씨가 몹시 무더웠으며 우리는 모두 축 늘어져 있었다. 분

 홍 꽃이 만발한 올리앤더나무가 노상카페의 탁자에 엷은 그림자를 드리워주고 있었다. 상쾌한 미풍이 우거진 나뭇가지 사이를 스치면서 꽃의 썩어가는 듯한 단내를 실어다주었다. 그 나뭇가지 사이로 방파제와 바다가 보였다.
 이따금 낚시꾼들의 배가 쇠테 위에 바구니를 얹어 만든 저인망 어구漁具를 매달고 천천히 지나갔다.
 그날은 토요일이었다. 어부들은 내일 낚시에 쓸 새우를 잡는 중이었다. 배가 그물을 끌어올리면 선미船尾에 앉아 있는 사람들이 모래

와 개펄 흙으로 가득 찬 무거운 바구니로 몸을 굽혔다. 그들은 개펄 흙을 한 줌씩 쥐어 옆으로 옮기며 새우를 골라냈다. 바구니를 비우고 나면 그것을 물에 헹군 다음 다시 선미 쪽으로 던졌다. 그리고 새우들이 다른 배 때문에 놀라 도망가지 않도록 되도록 멀리 노를 저어간다. 새우잡이 배들은 대부분 해안 가까이 머물렀다. 이렇게 무더울 때는 새우가 물 가장자리로 모여들기 때문이었다.

  방파제에는 여행객들이 배를 타려고 줄지어 서 있었다. 바닷물 속에서는 여행객들에게 동전을 던져달라고 아우성치는 아이들의 소리가 들려왔다. 그들의 아우성은 부탁이라기보다 강요에 가까웠다. 여행객들 중에는 마지못해 동전을 던져주는 사람도 있었다. 그들의 표정들로 보아 이런 일에 그리 큰 흥미를 느끼지 못하는 것 같았다. 방파제로부터 멀리 떨어진 곳에 자리를 잡고 동전을 던져달라고 요구하는 소년도 있었다. 간혹 반짝이는 동전 하나가 소년 쪽으로 날아가곤 했다. 물론 그곳은 수심이 깊어 동전을 잡기가 더 어려운 곳이긴 했지만, 경쟁자 없이 평화롭게 일을 할 수 있었다.

몇 명의 소년들이 방파제에서 바다로 곧장 다이빙해 들어갔다. 그들의 몸이 바닷물에 부딪치는 소리와 내지르는 외침이 한결 싱그러웠다. 배가 승객들을 태우고 떠나자 동전 몇 닢을 찾아낸 소년들은 계단을 뛰어올라와 아이스크림 가게를 찾았다. 차가운 물에 흠뻑 젖은 소년들은 몸을 부르르 떨었다. 그들은 요란스럽게 스푼 소리를 내며 자기 몫의 아이스크림을 해치우고 다시 방파제로 달려갔다.

"이 자리, 비어 있습니까?"

내 머리 위에서 어떤 남자의 목소리가 들려왔다.

내 곁에 한 남자가 아이스크림 접시와 접혀진 신문을 들고 서 있었다.

"예."

내 대답에 그는 고개를 끄덕이며 의자를 당겨 앉았다. 바다에 온통 정신이 팔려 있었던 탓에 나는 그가 가까이까지 오는 줄 몰랐다. 점잖을 빼는 말투와 억양으로 보아 그가 독일인이라는 걸 쉽게 짐작할 수 있었다. 그는 50대 중반쯤 되어 보였다. 짧고 건강한 금발과 햇볕에 그을린 약간 찌그러진 듯한 얼굴, 밝고 맑은 눈을 가진 사내였다.

신문은 흑해지역에서 발행되는 지역신문들 중 하나였다. 그는 신문을 잠시 훑어보고는 약간의 조소를 띠며 옆으로 치워놓았다. 그리고 가져온 아이스크림을 먹기 시작했다. 그 조소가 찌그러진 얼굴을 더욱 일그러져 보이게 했다. 나는 그의 조소가 반듯했을 얼굴을 결국 한쪽으로 기울여놓았을 거라고 생각했다.

그가 비웃은 것이 과연 어떤 내용일까 궁금해진 나는 그의 신문을 훔쳐보려 했다.

"보시겠습니까?"

내 서투른 행동을 눈치챈 그가 신문을 내밀었다.

"아니오."

나는 손을 내저었다. 그의 말투 속에서 누군가와 대화를 나누고 싶어하는 마음이 느껴졌다. 결국 나는 그에게 말을 걸었다.

"러시아어를 꽤 잘하시는군요."

"예, 그렇습니다."

그의 두 눈이 밝게 빛났다.

"저는 그걸 자랑스럽게 여깁니다. 어렸을 때부터 러시아어를 공부해왔거든요."

"그렇습니까?"

"그렇습니다."

그는 즉각 활기찬 목소리로 대답했다. 그의 얼굴에 느닷없이 교활하고 장난기 어린 표정이 나타났다. 그가 내게 물었다.

"그 이유가 뭔지 아시겠습니까?"

"글쎄요."

이미 들켜버렸는지 모르지만, 나는 너무 사교적인 사람처럼 보이지 않으려고 노력했다.

"도스토예프스키를 원전으로 읽기 위해서였나요?"

"맞습니다. 정확히 맞혔군요."

그는 고개를 끄덕이며 빈 아이스크림 접시를 옆으로 치워놓았다. 그는 강하게 빛나는 시선을 한순간도 내게서 떨구지 않은 채 계속해서 아이스크림을 열심히 먹고 있었다. 이 두 가지 일을 한꺼번에 수행하기 위해 그는 나를 정면으로 노려보는 수밖에 없었다.

"이곳이 마음에 드십니까?"

"아주 좋습니다."

그는 힘차게 고개를 끄덕이며 말했다.

"아내와 딸이 함께 왔습니다. 이곳 물가가 대체로 비싸긴 하더군요."

"그들은 지금 어디 계신가요?"

"해변에 있을 겁니다. 지금 그들이 돌아오기를 기다리는 중이지요."

이렇게 말하며 그는 자신의 시계를 들여다보았다.

"나는 오늘 혼자 시내를 산책할까 했지요."

"그렇습니까? 그럼 기다리는 동안 샴페인 한 병 하는 게 어떻겠습니까?"

나는 너무 열렬한 마음을 나타내지 않으려고 노력하며 말했다.

"그거 좋지요."

그는 사람 좋게 말하며 두 팔을 활짝 벌렸다.

나는 일어나 바로 갔다. 바는 현란한 푸른색 플라스틱과 유선형의 유리로 되어 있었다. 그곳은 레스토랑이라기보다 비행기처럼 보였다.

바텐더는 인공적인 화려함 속에 둘러싸인 것이 행복하다는 듯 느긋하게 앉아 있었다. 그는 옥수수 수프와 치즈를 먹는 중이었다. 그의 어깨 뒤로 부인이 서 있고, 그의 무릎에는 아이 하나가 한 손을 사탕주머니에 넣고 열심히 휘젓고 있었다.

"샴페인 한 병과 사과 1킬로그램만 주시오."

카운터를 훑어보며 내가 말했다.

한 사람밖에 없는 여종업원이 내 옆 바에 기대어 서서 아이스크림을 먹고 있었다. 지배인은 수건에 손을 닦고는 혀를 끌끌 차면서 얼음통 쪽으로 갔다. 그런데도 여종업원은 꼼짝도 하지 않았다.

"저쪽에 앉아 있는 사람은 외국인이라오."

나는 내 탁자 쪽을 향해 고갯짓을 하며 말했다. 바텐더가 머리를 끄덕였다. 나는 그의 손이 얼음통 깊숙이 들어가는 것을 보았다. 고드름과 주걱 부딪치는 소리가 들렸다. 여종업원은 여전히 아이스크림을 먹고 있었다. 나는 주문을 마치고 다시 자리로 돌아왔다.

"저 애들 좀 조용히 하라고 그래."

등뒤에서 지배인이 소리쳤다.

동전 줍는 소년들이 우리 탁자 옆에 앉아 팔꿈치로 탁자를 '쿵쿵' 두드리고 있었다. 그 중 하나가 귓속에 들어간 물을 빼내려고 머리를 마구 흔들어대는 통에 주위는 웃음바다가 되었다. 소년의 몸에서 물

방울이 뚝뚝 흘러내렸다. 그들의 그을린 피부에는 소름이 돋아 있었다. 건강의 화신처럼 보이는 그들을 바라보는 일은 큰 즐거움이었다.
 여종업원이 사과 한 접시와 샴페인 한 병을 가져왔다. 사과 접시를 탁자에 놓은 뒤, 그녀는 술병 위에 씌운 금박을 벗겼다. 옆에 앉은 소년들이 '펑' 소리가 나기를 기다리며 긴장해 있었다. 순간 나는 그녀가 술잔을 가져오지 않은 것을 알고는 얼른 병 따는 손길을 제지했다. 내 만류에도 그녀는 전혀 기분 나빠하지 않았다. 그렇다고 자기 실수에 대해 당황해하는 기색도 없었다. 그녀는 술잔을 가지러 바 쪽으로 갔다. 그녀는 매우 강한 자존심을 갖고 있는 게 분명했다. 종종 그녀는 손님들을 은근히 깔보는 듯한 태도를 취했다. 그녀가 펑퍼짐한 엉덩이를 흔들며(그렇게 심하지는 않았지만) 걷는 모습에서 특히 그런 기색이 역력했다. 사실 그녀의 걸음걸이는 누구에게 보이기 위한 행동이 아니었다. 그녀는 엉덩이를 흔들며 걷는 그 걸음걸이를 스스로 아주 자랑스럽게 여기는 것 같았다.
 그녀가 길고 좁은 잔 두 개를 가지고 왔다. 그녀는 코르크 마개를 요령 있게 빼내어 공기가 조금씩 새나가도록 했다. 때문에 '펑' 하고 터져나올 소리를 기대했던 소년들을 다시 한 번 실망시키고 말았다. 우리는 서로를 만나게 된 기념으로 건배했다.
 "술맛이 아주 훌륭하군요."
 독일인은 자기의 빈 잔을 탁자 위에 반듯하게 내려놓았다. 그의 이마에는 작은 땀방울이 맺혀 있었다. 샴페인은 정말로 맛이 좋았다.
 "혹시 나치 치하 중에 독일에서 사셨습니까?"

대화가 미하일 롬의 영화 〈평범한 파시즘〉으로 옮겨갔을 때 내가 물었다. 그는 그 영화를 극찬했다. 분명 그는 그 영화를 서독의 고향에서 보았을 터였다.

"예, 전쟁이 시작되고 끝날 때까지 그곳에서 살았습니다."

"이제 전쟁은 다 끝났지요. 어떻게 생각하십니까? 히틀러는 영리하거나 혹은 재능 있는 자였을까요?"

"그는 결코 현명하지는 않았어요. 하지만 그는 최면술 거는 재주를 가지고 있었다고 생각합니다."

"어떤 의미에서죠?"

"그는 연설로 군중을 감동시켜 정치적 · 성적 · 정신이상 상태로 몰아넣었지요."

"『나의 투쟁』이란 책에 대해서는 어떻게 평하시는지요?"

"형식면에서 그 책은 전형적인 의식의 흐름을 보여줍니다. 그러나 조이스와 비교하면 정반대로 매우 어리석은 의식의 흐름이라고 할 수 있지요."

"형식의 문제는 조금 뒤로 미루지요. 제가 흥미를 갖는 것은, 말하자면 그가 슬라브족을 말살시켜야 한다는 논제를 어떻게 증명했는가 하는 겁니다."

"『나의 투쟁』에서는 매우 애매한 말로 포장되어 있더군요. 그 저서는 히틀러가 집권한 후에야 세상에 나왔어요. 『나의 투쟁』이 쓰여진 해는 1924년이었지요. 전체적으로 그것은 천한 반*문학작품입니다."

이 말을 하면서 그는 경멸하는 듯한 표정을 지었다. 나는 이 화제가 그를 지루하게 만든다고 느꼈다.

"늘 그런 생각을 갖고 계셨습니까?"

"그렇습니다."

그는 내가 보기에 다소 도도하게 대답하고는 갑자기 이렇게 덧붙였다.

"그리고 그 대가를 톡톡히 치렀소."

그는 오래된 기억을 더듬듯, 혹은 이 말을 해야 할지 말아야 할지를 생각하는 듯 잠시 말을 멈추었다.

"제 얘기가 좀 따분했나요?"

나는 샴페인을 따르며 물었다.

"아닙니다."

그가 즉시 대답했다. 그리고는 잔을 다시 입으로 가져갔다가 탁자 위에 반듯이 내려놓았다. 그는 술잔의 안정성을 불신하고 있는 것이 분명했다. 그는 웃음을 띠며 말했다.

"그건 그저 젊은 시절의 객기였지요. 어느 날 밤, 나는 친구 두 명과 함께 우리가 다니던 대학으로 들어가 전단을 뿌렸습니다. 우리는 『나의 투쟁』에서 문법에 어긋난 부분을 몇 구절 뽑아내어 독일어도 모르는 자가 어떻게 독일 국민의 지도자가 될 수 있겠느냐고 반박했습니다."

"그래서 어떻게 됐습니까?"

나는 지나친 호기심을 자제하려고 애쓰면서 물었다.

"우리는 경찰의 유치한 정신수준 덕분에 살아날 수 있었습니다."

이렇게 말하며 그는 잔을 비웠다. 뱃고동소리가 들리자 그는 몸을 일으켰다.

"잠시 후에 오겠소."

그렇게 말하고 나서 그는 건강한 다리를 빠르게 움직이며 방파제 쪽으로 걸어갔다.

그제야 나는 그가 짧은 반바지차림이라는 걸 알았다.

소년들이 앉았던 탁자에는 깔끔한 명주옷을 걸친 자그맣고 땅딸막한 노인이 앉아 있었다. 노인은 양로연금혜택자가 분명했다. 그의 앞에 놓인 탁자에는 보르조미 탄산수와 작은 컵이 놓여 있었다. 그는 탄산수를 두어 모금 마시고는 입술을 지긋이 깨물었다. 이어 묵주를 돌리면서 지나가는 사람들을 멍한 호기심으로 바라보고 있었다.

그의 표정은 이렇게 말하고 있는 듯했다.

'자, 여기 내가 있소. 나는 평생 동안 열심히 살아왔고, 이제 얻은 여유를 소중히 즐기고 있는 중이오. 나는 원하면 보르조미를 마시고, 묵주를 돌리고 싶으면 이렇게 돌리기도 하오. 또한 내가 원하면 나는 그저 이렇게 앉아 사람들을 바라볼 수도 있소.'

처음에 그는 혼자였다. 그러다가 아무렇게나 화장하고 묵주 목걸이를 한, 몸집이 큰 여자가 합석했다. 그녀는 아이스크림 접시를 들고 와 그의 앞에 앉았다. 그들은 생기 띤 얼굴로 이야기를 나누었다. 노인의 목소리는 시종일관 지적인 우월감을 차디차게 뿜어냈으며, 여인은 그것을 깨부수려고 애쓰는 흔적이 역력했다. 하지만 그녀의 노력은 수포로 돌아갔다. 나중에는 그녀에게서 비분강개한 목소리와

책망하는 목소리가 흘러나왔다. 노인은 처음부터 유지했던 어조를 고집스럽게 이어나갔다. 나는 귀를 기울였다. 여인이 말했다.

"오늘날 일본은 위대한 국가로 인정받고 있어요. 그리고 사실 일본 포로들을 많이 봤는데, 그 중에서 잘생긴 남자는 하나도 못 봤어요."

"전쟁 포로들이란 결코 잘생길 수가 없지요."

노인이 여인의 말을 가로막았다. 노인은 그녀의 인종학적 관찰 이면에 어떤 심오한 심리학의 진리가 있다는 것을 보여주려는 듯 거드름을 피웠다. 노인의 말 속에는 그녀의 관찰이 별 가치가 없다는 것을 단정짓는 의미도 담겨 있었다.

"난 도대체 그 이유를 모르겠군요……."

여인이 다시 말을 꺼내려 했으나 노인이 손가락을 치켜세우자 이내 입을 다물었다. 노인이 말했다.

"일본은 여전히 침략 가능성을 가지고 있는 나랍니다. 왜냐하면 그 나라는 은행 자금을 통해 미국과 연줄을 맺고 있기 때문이오."

"마치 미국에 있는 많은 악당들과 같군요. 미국 사람은 10퍼센트 정도만 빼면 모두 악당이잖아요."

여인이 대꾸했다. 노인이 묵주 돌리는 것을 보고는 여인도 목걸이를 만지작거렸다.

"일본은 거대한 부를 지닌 나라요."

노인이 생각에 골몰한 듯 말을 하고 탁자에 두 팔꿈치를 고였다. 날카롭고 완고하게 생긴 두 개의 팔꿈치가 명주옷의 넓은 소매를 통해 밖으로 드러났다.

"듀퐁의 딸이……."

그가 다시 말했다. 그러나 상대방의 지적 수준을 염려했는지 자신의 말을 정정했다.

"듀퐁이 누군지 알고 있소?"

여인은 당황한 듯했다.

"아, 예, 그게 저……."

"듀퐁이란 사람은 대부호입니다."

노인이 선언하듯 야멸차게 말했다.

"듀퐁과 같은 억만장자에 비할 것 같으면 백만장자 정도는 거지와 다름없소."

"세상에……."

여인이 한숨을 쉬었다.

"그 듀퐁의 딸이 천만 달러짜리 다이아몬드 반지를 끼고 파티에 참석했습니다. 그런데 왜 아무도 그것을 훔칠 생각을 못했을까, 그것이 궁금하지 않습니까?"

그러면서 그는 의자 뒤로 몸을 한껏 젖혔다. 그녀에게 생각할 시간과 여유를 충분히 주겠다는 투였다.

"왜였죠?"

대부호의 엄청난 부에 질렸다는 듯 여인이 물었다.

"그 이유는, 외부 손님으로 위장한 50여 명의 경호원이 그녀를 호위했기 때문이오."

노인은 의기양양하게 결론을 내리고, 작은 컵에 담겨 있는 보르조미를 홀짝거렸다. 여인이 말했다.

"요즘 넬슨 제독의 서간집이 출간되었어요. 한 남자가 여자에게 어떻게 그런 내용을 써보낼 수 있는지……."

"나도 알아요. 그게 바로 영국 사람이지요."

"어쨌든 그건 부끄러운 일이에요."

"비비안 리는……."

노인이 계속했다.

"장군의 명예를 지키려고 애썼지만 결국 실패하고 말았소."

"나도 알아요. 그녀는 죽었지요, 아마?"

"맞아요. 그녀는 결핵으로 죽었소. 때문에 그녀는 어느 누구와도 성생활을 할 수 없었소. 결핵이나 암에 걸린 경우에는……."

노인은 한 손에 묵주를 쥔 채 다른 손의 손가락 두 개를 아래쪽으로 구부렸다.

"모든 성생활이 절대적으로 금지되어 있어요."

이 말은 부드러운 경고처럼 들렸다. 노인은 그 말에 대한 여인의 태도를 감지하려고 그녀를 곁눈질했다.

"그렇군요."

여인은 그에게 아무런 표정도 걸려들지 않도록 자세를 고치면서 말했다.

"비사리온 벨린스키도 결핵으로 죽었소."

노인이 상기시키듯 말했다.

"제가 제일 좋아하는 작가는 톨스토이예요."

"어느 톨스토이냐가 문제지요. 톨스토이가 셋이나 있으니까요."

"물론 레오 톨스토이죠."

"『안나 카레리나』는 모든 시대, 모든 국가를 통틀어 가장 위대한 가족소설입니다."

"그런데 그녀는 브론스키를 사랑하면서 왜 그렇게 질투했을까요?"

여인은 그 문제에 대해 몇 년 동안 괴로워한 것처럼 큰 소리로 말했다.

"그건 아주 끔찍한 일이에요. 정말 참을 수 없을 정도로……."

여행객 무리가 해변을 떠나 거리로 천천히 걸어 들어오고 있었다. 그들 중에서 특히 짧은 비치가운을 입은 외국 여자들의 다리가 길게 보였다. 몇 년 전만 하더라도 그런 옷차림으로 시내를 돌아다니는 것은 엄두도 못 냈다. 하지만 이제 그 정도는 누구에게나 묵인되고 있는 게 분명했다.

새 친구가 다시 나타났다.

"아내와 딸은 늦게 올 모양입니다."

그는 특별히 언짢아하는 기색도 없이 말했다.

"당신은 독일식으로 시간 관념이 철저하신 편이군요."

나는 샴페인을 좀더 따라주며 말했다.

"우리 독일 사람들의 정확한 시간 관념이란 건 아무래도 과장된 구석이 많지요."

그가 말했다. 우리는 함께 술을 마셨다. 그는 접시에서 사과를 하나 집어 힘있게 깨물었다.

"아까 하던 얘기 말입니다. 경찰의 원시적인 정신수준 덕에 살아났다고 하셨는데……"

그가 사과를 한 입 삼키고 났을 때 나는 다시 이야기를 꺼냈다.

"그랬지요."

그는 고개를 끄덕인 후 계속 말을 이어갔다.

"게슈타포가 철학과 전체를 뒤집어놓았지만 무슨 이유에선지 우리는 그냥 놓아두더군요. 그들은 헤겔과 히틀러의 문제를 비교·연구하는 학생들이 저지른 소행이라고 단정한 것 같았습니다. 어느 날, 우리 철학과 학생들의 노트를 모두 압수했습니다. 우리가 뿌린 전단에는 글자가 모두 인쇄체 대문자로 쓰여 있었거든요. 경찰은 그것을 단서로 삼았던 겁니다. 그런데 두 명의 학생이 노트 제출을 거부했고, 그들은 곧바로 게슈타포에게 끌려갔지요."

"게슈타포가 그들에게 어떻게 했습니까?"

"아무 짓도 안 했어요."

그는 균형 잡히지 않은 얼굴에 냉소를 떠올리며 말했다.

"그 다음날 경찰은 정중히 사과하며 그들을 풀어주었습니다. 그 용감한 친구들이 높은 자리에 영향력을 갖고 있었거든요. 그 중 한 학생의 삼촌이 괴벨스 밑에 있었습니다. 그런데 재미있는 것은 경찰이 사실을 밝혀내는 과정에서 그 친구 눈에 멋지게……."

그는 이 대목에서 말을 멈추고 자기 주먹으로 눈을 쥐어박는 장면을 행동으로 묘사했다.

"시퍼런 멍을 만들었군요."

내가 짐작하며 말했다.
"예, 시퍼런 멍이지요."
그가 되풀이해 말했는데, 그 말을 하면서 어떤 희열을 느끼고 있는 듯했다.
"그 친구는 1주일 내내 눈에 시퍼런 멍을 달고 다녔습니다. 그는 그 멍자국을 아주 자랑스러워했지요. 이것은 독일에 대한 이해를 높이는 전형적인 일 중 하납니다. ······이를테면 원시부족시대로의 후퇴지요."
"이런 일이 교묘한 계획 하에 고의적으로 일어났던 것일까요, 아니면 정권유지 논리상 필연적으로 발생한 것일까요?"
"내 생각엔 둘 다입니다."
잠시 침묵하다가 그가 대답했다.
"독일의 우두머리들은 부하를 뽑을 때 혈연뿐만 아니라 지연도 매우 중시했습니다. 같은 말씨를 쓰고 고향에 대해서도 같은 기억을 공유한다는 것은 정신적 친화력을 높이는 데 매우 중요한 요소입니다. 물론 눈에 보이지 않는 볼모제도 같은 것도 있었습니다. 우리 가족을 예로 들면 이렇습니다. 우리 가족은 외숙부 때문에 늘 두려움 속에서 살았습니다. 그는 사회민주당원이었는데, 1934년에 체포되었지요. 몇 년 동안은 숙부와 서신 연락을 할 수 있었습니다. 그러던 어느 날, 우리가 보낸 편지가 '수취인 불명'이라는 도장이 찍힌 채 반송되었습니다. 수취인이 이제는 그곳에 없다는 뜻이지요. 가족들은 어머니를 안심시키려고 여러 가지 추측들을 내놓았어요. 외숙부가 편지 왕래가 허용되지 않는 다른 수용소로 옮겨간 게 분명하다는 것이었죠. 하지만 아버지와 나는 외숙부가 처형된 것이 확실하다고 생각했습니다. 전쟁이 끝난 후 확인해보니 아버지와 나의 추측이 사실이었다는 걸 알게 되었지요."

"어땠습니까? 그 외숙부의 사건이 당신이 대학에 다닐 때나 혹은 직장에 있으면서 하나의 약점으로 작용하지는 않았는지요?"

"직접적인 것은 아니었습니다."

그는 침묵을 사이에 두고 천천히 말을 이었다.

"그러나 늘 불안이 따르고 심지어 죄책감마저 들었어요. 그런 심정을 말로 다 표현하기 어렵습니다. 실제로 경험해봐야 알 수 있는 것이지요. 그런 불안은 점점 짙어졌다가 그 다음엔 좀 사그라지는가 싶더니 또다시 엄습하곤 했습니다. 그러나 그 불안감이 완전히 사라지진 않더군요. 결국 그들은 내 외숙부의 일로 내게 불안감을 조성하고 나를 볼모로 삼았던 거지요. 혈연이나 지연 외에 내가 말하고 싶은 특수한 상황이 바로 그런 것입니다."

"아주 명쾌하군요."

나는 남은 샴페인을 따르면서 말했다. 술 탓인지, 아니면 그가 명확하게 설명한 탓인지 몰라도 그가 말한 상황은 선명하게 머리에 남았다.

"좀더 잘 아시도록 이번에는 제 자신의 경험담을 말씀드리지요."

이렇게 말하고 그는 입술을 쩍쩍 다시면서 탁자 위에 빈 술잔을 내려놓았다. 바야흐로 그는 샴페인을 즐기고 있었다.

"한 병 더 하시겠습니까?"

"좋지요. 하지만 이번에는 제가 사겠습니다."

"그건 우리 관습에 어긋나는 겁니다."

나는 내 관대함에 긍지를 느끼며 의기양양하게 말했다.

나는 종업원에게 빈 병을 들어 보였다. 그녀는 아이스크림 통 옆에서 허리를 굽히고 일하는 한 남자를 바라보고 있었다. 남자는 젖은 마대에 싸여 있는 얼음 덩어리를 깨고 있는 중이었다. 여종업원은 내 신호를 알았다는 듯 고개를 끄덕이고 바 쪽으로 내키지 않는 걸음을 뗐다. 내 친구는 내게 담배를 하나 권하고 자기도 하나 불을 붙여 물었다.

옆자리의 연금수혜자는 여전히 여인과 이야기를 나누고 있었다. 나는 잠깐 그쪽으로 귀를 기울였다.

"처칠은 아르메니아산 브랜디와 조지아식 보르조미 외에는 어떤 것도 술로 인정하지 않았어요."

"처칠은 그 술들이 어떻게 복수하는지 걱정되지도 않았나 보죠."

여인이 보르조미 병을 보며 말했다.

"아니오."

노인이 이번에는 부드럽게 대답했다.

"스탈린이 그에게 약속했지요. 스탈린이 자신의 약속을 어떻게 지킨다는 것은 아시지요?"

"물론이죠."

여인이 즉각 대답했다.

"이곳에서는 어떤 술이 인기 있습니까?"
독일인 친구가 물어왔다.
"나는 스탈린과 처칠 사이의 서간집을 읽은 적이 있어요."
다시 노인이 말했다.
"아주 희귀한 책이지요."
"요즈음은……."
나는 여전히 옆 탁자에 귀를 기울인 채로 대답했다.
"'이사벨라'라는 술입니다."
"제게 그 책을 빌려주실 수 없을까요?"
여인이 물었다.
"처음 들어보는 술이군요."
내 친구가 잠시 생각하다가 말했다.
"미안하지만, 빌려드릴 수가 없군요."
노인은 더욱 부드럽게 말하면서 정중하게 거절했다.
"하지만 다른 희귀본을 빌려드릴 수는 있습니다. 나는 퇴직한 이후 줄곧 희귀본만 수집해왔거든요."
"그것은 시골 농부들이 마시던 술입니다."
내가 대답했다.
"요즈음 들어 유행하게 되었지요."
독일인 친구가 고개를 끄덕였다.
"그럼 『흰옷의 여인』이란 책을 갖고 계신가요?"
"물론입니다."

노인이 천천히 고개를 끄덕이며 대답했다.

"나는 모든 희귀본을 가지고 있으니까요."

"제게 좀 빌려주세요. 빨리 읽고 돌려드리겠어요."

"『흰옷의 여인』만은 빌려드릴 수가 없습니다. 그러나 다른 희귀본은 빌려드릴 수 있습니다."

"『흰옷의 여인』은 왜 안 된다는 거죠?"

여인이 고까운 듯이 물었다.

"당신을 못 믿어서가 아닙니다. 그걸 일전에 다른 사람에게 빌려주었기 때문이오."

노인이 대답했다.

"유행이란 주시해볼 만한 것입니다."

내 친구가 재떨이 모서리에다 담배를 비벼 끄며 말을 꺼냈다.

"1920년대에 한 인기 있는 영화배우가 히틀러와 같은 모습을 하고 대중 앞에 나타났습니다."

"어떻게 말입니까?"

"그는 중·하층계급 전체의 마음을 끌 만한 인물은 어떤 모습일까 생각하다가 마침내 그런 모습을 창조해냈습니다. 그런데 그후 몇 년이 지나자 그가 창조했던 아돌프 히틀러의 모습이 실제 인물로 나타났지 뭡니까."

"그것 참 흥미로운 이야기군요."

여종업원이 새 샴페인 병을 가지고 왔다. 나는 그녀가 병마개를 따지 못하게 했다. 나는 그녀에게서 물기가 서려 있는 시원한 샴페인

병을 건네받았다. 그녀는 탁자 위에 놓여 있던 빈 아이스크림 접시를 가지고 돌아갔다.

나는 병 입구를 싸고 있는 금박을 벗겨냈다. 그리고 한 손으로 흰 플라스틱 코르크 마개를 잡고 다른 손으로 나사를 돌렸다. 코르크 마개는 살아 있는 동물처럼 온힘을 다해 내 손을 압박해왔다. 나는 공기를 천천히 빼낸 다음 샴페인을 따랐다. 병을 따자 병 입구에서 가느다란 김이 솟아올랐다.

"대학을 졸업한 후에……."

그는 아까처럼 확고하고 신중한 태도로 탁자 위에 잔을 내려놓으며 말했다.

"저는 유명한 하르츠 교수의 연구소에 발탁되었습니다. 당시 저는 장래가 촉망되는 젊은 물리학자로 인정받고 있었지요. 저는 이론연구분야로 들어갔습니다. 우리 연구소에 있는 과학자들은 대부분 외부와 차단된 채 생활했습니다. 나중에는 스스로 주변 생활과 멀어지더군요. 하지만 그런 생활조차 날이 갈수록 어려워졌습니다. 언제 미국의 폭격에 목이 날아갈지 모르는 상황이었거든요. 1943년에는 도시 곳곳이 폭격을 받아, 아마 중세의 광신자라도 그렇게 참혹한 파괴 속에서는 살아남지 못했을 겁니다. 마을에는 동부전선에서 온 부상자들이 점점 늘어나고 여자들과 어린아이들의 얼굴은 점점 더 고통으로 일그러졌습니다. 그러나 괴벨스의 선전은 계속해서 승리만을 외쳐댔습니다. 그 무렵, 우리 동료들 중 어느 누구도 그것을 믿는 사람이 없었는데도 말입니다.

어느 일요일 오후였습니다. 나는 서재에 앉아 나치 시절 이전에 출간된 소설을 읽고 있었지요. 그때 밖에서 아내와 어떤 남자가 이야기하는 소리가 들려왔습니다. 아내의 목소리는 불안했습니다. 그녀는 문을 열더니 근심스런 표정으로 방 안을 들여다보며 말하더군요.
'어떤 사람이 당신을 만나고 싶다는데요?'
아내가 옆으로 비켜서자 낯선 사람이 들어왔습니다.
'연구소에서 호출입니다.'
그가 간단히 목례를 하더니 이렇게 말하는 것이었습니다.
'긴급회의가 있답니다.'
'왜 전화로 부르지 않았습니까?'
나는 그를 유심히 바라보면서 물었습니다. 아마 새로 온 행정직원인 모양이라고 판단했지요.
'잘 아시잖습니까.'
그가 의미심장하게 말했습니다.
'그래도 왜 하필 일요일에……?'
아내가 항의했지요.
'저희로서는 위에서 내리는 명령대로 따를 뿐입니다.'
그가 어깨를 으쓱하며 대꾸했습니다.
당시 연구소 주변에는 경찰들이 겹겹이 지키고 있었습니다. 우리는 그런 데 꽤 익숙해 있었고, 경계를 서는 경찰에게 협조하는 일밖에 달리 할 일이 없었어요. 우리는 단지 그들의 보호 속에서 업무에 관해 다른 방의 동료들과 전화로 얘기하는 게 고작이었지요. 하지만 대부분의 전화는 불통이기 일쑤였습니다. 물론 이것은 정보 유출을 방지하려는 수단이었지요. 이제 분명 그들은 사람을 시켜 우리에게 1급 비밀회의에 참석하도록 알리러 온 모양이었습니다.

'곧 준비하지요.'

그렇게 말하고 나서 나는 옷을 갈아입었습니다.

'커피 한잔하시겠어요?'

내 아내의 목소리에는 여전히 불안한 기색이 가시지 않았습니다.

'그거 좋겠군.'

나는 아내를 안심시키듯이 머리를 끄덕여주었습니다.

'감사합니다.'

그 사내는 인사를 했습니다. 그리고는 안락의자에 앉아 곁눈질로 서가書架를 쳐다보았습니다. 그때 아내가 방에서 나갔습니다.

'저는 게슈타포에서 왔습니다.'

아내가 옆 방문을 여는 소리가 들리자 사내가 말했습니다. 그는 자기 말이 지닌 폭발력을 최대한 억제하겠다는 듯이 억양 없는 어조로 말했습니다. 순간 나는 손가락이 마비되는 것 같았습니다. 셔츠 단추를 잠그려던 손이 더듬거려졌습니다. 최대한의 의지력을 발휘한 끝에 나는 겨우 손가락을 움직여 단추를 잠갔습니다. 그리고 나서 넥타이를 맸습니다. 오늘날까지도 내가 잊지 못하는 것은 그 숨막힐 듯한 몇 초 동안의 침묵과, 엄청나게 크게 들려오던 셔츠의 바스락거림, 항상 지나칠 정도로 빳빳하게 풀을 먹이는 아내에 대한 순간적인 노여움, 그리고…… 무엇보다도 기가 막히는 것은…… 이 낯선 사내

앞에서 옷을 갈아입는 모습을 보여야 한다는 당혹스러움이었습니다. 그것은 지극히 내밀한 나의 사생활로서 몹시 자존심 상하는 일이었습니다. 하지만 흥분된 상태에서도 나는 결코 서두르는 모습을 보여서는 안 된다고 마음속으로 다짐했습니다. 조금도 불안한 기색을 보여서는 안 된다는 생각이었죠.

'제게서 뭘 원하십니까?'

마침내 내가 물었습니다.

'뭐, 별로 대수로운 일은 아닐 겁니다.'

그는 옆방에서 인기척이 들리는지 귀를 기울이면서 무뚝뚝하게 말했습니다. 문 여닫는 소리를 듣고 우리는 아내가 커피를 가져오고 있다는 걸 알았습니다. 우리는 서로 상대방을 바라보았습니다. 그는 내 침묵 속에 담겨 있는 의문점을 즉각 알아챘습니다.

'불안해하실 필요는 없습니다.'

이렇게 말하고 그는 의미심장한 눈길을 보내더군요. 나는 가능한 한 씩씩하게 머리를 끄덕여주었습니다. 내가 두려워할 것은 아무것도 없으며, 그러므로 곧 집에 돌아올 수 있다는 확신을 그에게 보여줘야 했지요. 나는 읽고 있던 책에 표시를 해놓고 소리 나게 덮은 다음 책상 위에 내려놓았습니다. 만일 그가 내 행동을 주시했다면, 내가 그날 저녁에 무사히 돌아와 다시 그 책을 보겠다는 의도를 충분히 알아차렸을 테지요.

'지금 바로 출발하는 것이 좋겠습니다.'

아내가 김이 모락모락 나는 쟁반을 들고 문간에 나타나자 그가 일어나면서 말했습니다.

'그렇게까지 서두를 건 없지 않습니까?'

내가 항의했지요.

나는 잔을 들고 서서 맛도 알 수 없는 커피를 몇 모금 마셨습니다. 그 역시 커피를 몇 모금 마셨습니다. 아내는 여전히 당황한 표정이었지요. 그녀는 자기가 나간 사이에 뭔가 더 확실한 이야기가 오갔다는 걸 알아챘습니다. 그녀는 내게 뭔가 묻는 듯한 눈길을 보내왔습니다. 하지만 나는 대답하지 않았습니다. 그러자 그녀는 사내를 바라보았습니다. 하지만 그는 더욱 수수께끼 같은 표정을 짓기만 할 뿐이었지요. 그에게는 형용할 수 없는 묘한 분위기가 있었습니다. 아마도 그것은 보험업자에게나 느낄 수 있는 것일 겁니다. 그의 짙은 감색 외투는 음침하면서도 우아한 분위기를 풍겼습니다.

'그래도 저녁때까지는 돌아오시겠지요?'

내가 쟁반 위에 커피 잔을 올려놓자 아내가 물었습니다. 저녁때까지는 네 시간이 남아 있었습니다.

'물론이오.'

그렇게 말하면서 나는 사내를 쳐다보았습니다. 그는 고개를 끄덕였는데 내 말에 동의한다는 뜻인지, 아니면 그의 추리게임에 내가 응하는 것을 인정한다는 뜻인지 알 수 없었습니다. 우리가 집에서 나와 어느 정도 걸었을 때였습니다. 걸음을 멈춘 그가 말했습니다.

'내가 앞서갈 테니 뒤따라오시지요.'

'어느 정도 간격을 둘까요?'

나는 언제든 그의 지시를 따를 준비가 되어 있는 나 자신이 무척 놀라웠습니다.

'약 20보 정도요. 정문에서 기다리겠습니다.'

'알겠습니다.'

내가 대답하자 그는 앞서서 걷기 시작했습니다.

앞서 말한 대로 내 과거에는 두 가지 약점이 있었습니다. 즉 외숙부의 존재와 대학 시절의 전단사건이었지요. 나는 그들이 분명 외숙부에 대해 모든 것을 알고 있을 거라는 느낌을 받았습니다. 하지만 전단사건은 어떻게 알아냈을까요? 그것은 벌써 6년이나 지난 일이었는데 말입니다. 그러나 그들에게는 정해놓은 시한 같은 것이 있을 리 없고, 또 용서라는 것도 결코 없었습니다. 그렇다면 다른 누군가가 그 사실을 누설한 것이었을까요? 나는 오직 한 사람, 나의 오랜 학교 친구 한 사람에게만 그 사실을 말한 적이 있었습니다. 그는 나 자신만큼이나 믿을 수 있는 친구였습니다. 하지만 다른 동료 역시 자신의 비밀을 친구에게 털어놓을 가능성도 있습니다. 그리고 그 동료의 친구가 배신했다면 그것은 말이 되는 이야기지요. 그렇지만 그들이 뭔가를 알아냈다면 왜 나를 직접 체포하지 않았던 것일까요? 나는 마음속으로 이런저런 생각을 하면서 사내의 뒤를 따라갔습니다. 그는 전혀 서두르지 않았습니다. 챙이 늘어진 중절모를 쓰고 짙은 감색 외투를 입은 그는 영락없는 산책객 같았습니다.

게슈타포 본부는 키 큰 플라타너스로 둘러싸인 낡은 건물이었습니다. 건물의 한쪽에는 운동장이 있었는데, 아이들이 한창 축구를 하며 뛰놀고 있더군요. 잔디 위에서는 자전거 몇 대가 햇빛을 받아 번쩍거렸습니다. 그곳이 뭘 하는 곳인지 대부분의 사람들은 알고 있었습니다. 이 불길한 건물 바로 옆에서 저렇게 소년들이 활기차게 뛰논다는 것, 또 그들의 들뜬 웃음소리를 듣는다는 것은 참으로 묘한 느낌을 주었습니다. 게슈타포 본부로 이어지는 거리는 인적이 매우 뜸했습니다. 사람들은 이 길을 피해 먼 길로 돌아다녔던 것이지요.

나는 안내인을 따라 불빛이 희미한 복도를 지나갔습니다. 문에는 경비원이 없었습니다. 철제 칸막이가 있는 곳에 이르자 그가 걸음을 멈추고 뒤따라오는 나를 기다렸습니다. 그는 칸막이 안에 있는 당직장교와 눈이 마주치자 내 쪽을 향해 머리를 끄덕였습니다. 당직장교가 전화를 걸더군요. 그는 나를 한번 훑어보더니 수화기를 내려놓았습니다. 그의 책상 위에는 레몬 조각을 넣은 차 한 잔이 놓여 있었습니다. 그는 스푼으로 차를 저어 한 모금 마셨어요.

우리는 그를 지나쳐 복도를 따라 쭉 걸어갔는데, 복도 끝에는 쇠창살로 둘러진 엘리베이터가 있었습니다. 우리는 엘리베이터를 탔습니다. 그가 철문을 닫고 버튼을 눌렀습니다. 엘리베이터는 3층에서 멈추었어요. 우리는 엘리베이터에서 내려 희미한 전구가 비추는 기다란 복도를 따라갔습니다. 그리고는 옆으로 꺾어지고 또다시 꺾어져 이 복도가 끝없이 이어져 있구나 하는 생각이 들 즈음에야 걸음을 멈추었습니다. 우리는 검은 가죽 혹은 검은 가죽처럼 보이는 천으로 덧댄 문 앞에 섰습니다.

안내인은 내게 고개를 까딱이며 기다리라고 하고는 모자를 벗어들고 문을 살짝 열었습니다. 순간 사내와 그의 짙푸른 외투가 시커먼 문 속으로 녹아드는 것 같았습니다. 그 복도 역시 다른 복도처럼 아주 어두웠던 까닭이지요. 5분쯤 지나자 문이 다시 열렸습니다. 그리고 시커먼 문 사이로 창백한 안내인의 얼굴이 나타났습니다. 고갯짓으로 나를 들어오라고 하더군요.

방은 크고 환했습니다. 창문 밖으로 운동장이 보였는데, 그때까지도 아이들이 축구를 하고 있더군요. 나는 내가 건물의 이쪽에 와 있는 줄은 전혀 생각지도 못했습니다. 순전히 우연인지 모르지만, 나는 그들이 고의로 내 방향감각을 혼란시키려 했다고 확신했습니다. 커다란 책상 위에는 잉크 스탠드와 서류철, 그리고 깨끗한 메모지 외에 아무것도 보이지 않았습니다. 그 뒤로 갸름한 얼굴에 깔끔하게 면도한 서른 살 가량의 남자가 앉아 있었습니다. 서로 목례를 나눈 다음 그는 책상 너머로 내게 손을 내밀었습니다.

'앉으시지요.'

그는 안락의자를 향해 고갯짓을 했습니다.

나는 의자에 앉았지요. 그는 무심한 태도로 앞에 놓여 있는 서류철을 한 장, 한 장 넘겼습니다. 책상이 너무나 커서 그가 보고 있는 것이 어떤 내용인지 이쪽에 앉은 나로선 알 수가 없었습니다. 그러나 그 서류가 나와 관련된 것이라는 사실만은 분명히 알 수 있었습니다.

'연구소에서 일한 지 오래되었습니까?'

그가 무심한 투로 서류철을 넘기며 묻더군요. 나는 그가 나에 관해 훨씬 더 많이 알고 있을 거라는 확신이 들었습니다. 그 때문에 나는 간단하게 대답했습니다. 그는 서류철을 몇 장 더 넘겼습니다.

'어느 부서입니까?'

내가 부서명을 대자 그는 고개를 끄덕였습니다. 여전히 서류를 훑어보고 있었는데, 그것은 내 대답을 서류 속에서 확인하겠다는 투였지요.

'연구소의 연구원들은 러시아와의 전쟁에 대해 어떻게 생각하고 있습니까?'

이번에는 그가 고개를 들고 물었습니다.

'일반 독일 국민들과 마찬가집니다.'

순간 옆으로 째진 그의 까만 두 눈에서 권태롭다는 표정이 스쳤습니다.

'좀더 자세히 말씀해주실 수 있습니까?'

'아시다시피 과학자들은 정치에 별로 관심이 없습니다.'

내가 대답했습니다.

'불행한 일이군요.'

그는 거만한 태도로 고개를 끄덕끄덕했습니다. 그리고는 더욱 오만한 태도를 취하며 이렇게 덧붙였습니다.

'총통께서 당신들 연구소에 항상 관심을 갖고 계시다는 걸 아십니까?'

초점을 잃은 듯한 표정이 얼굴에 비치더니 돌연 그의 모습 전체가 히틀러와 비슷한 분위기를 자아냈습니다.

'예, 알고 있습니다.'

그 당시 연구소 당국은 우리에게 이런 사실을 은근히 밝히면서 총통의 특별한 관심에 부응해 보다 더 열의를 보여야 한다고 당부하곤 했지요.

'당신들 연구에 관심을 갖고 있는 사람은 비단 총통뿐만이 아닙니다.'

그는 충분히 간격을 두었다가 말을 이었습니다. 그 사이 나는 이번 호출이 무엇 때문에 이루어졌는지 대해 다소 낙관적인 여유를 갖게 되었습니다.

'우리 독일의 적도 역시 관심을 갖고 있어요.'

그의 얼굴에 초점을 잃은 표정이 나타났다가 다시 한 번 총통을 닮은 모습이 되었습니다. 이번에는 독일의 적에 대해 무모한 적대감을 드러내는 표정에서 그런 모습이 나타난 것이지요. 나는 어깨를 으쓱해 보였습니다. 그것은 일종의 안도감이었지요. 그는 대학 시절의 사건에 대해 모르고 있는 것이 분명했습니다. 그는 서류 쪽으로 다시 눈을 돌려 한 장, 한 장 넘기다가 갑자기 손을 멈추었습니다. 그리고는 눈썹을 치켜들고 그곳을 읽었습니다. 나는 다시 긴장되었습니다. 그러나 그것 역시 대학 시절의 사건은 아니었습니다.

'선생의 외숙부가 사회민주당원인 모양이군요?'

그는 나의 지적인 배경에서 오점 하나를 우연찮게 발견했다는 듯이 물었습니다. '선생의 외숙부'라는 말투에서 그는 사회민주당원에 대한 증오와 경멸을 여실히 보여주었습니다.

'예, 그렇습니다.'

'그는 지금 어디 있습니까?'

그는 자기 목소리에 섞인 기만성을 감추지 않고 물었습니다. 나는 그간의 이야기를 모두 말해주었지만 그것은 그도 잘 알고 있는 내용이었습니다.

'그래요?'

그는 짧게 반문하고 다시 이렇게 덧붙였습니다.

'우리는 당신을 믿습니다……. 이에 대한 당신의 생각은 어떻습니까?'

'저도 당신을 믿습니다.'

될 수 있는 대로 나는 강력한 의지를 담아 말했습니다. 그가 머리를 끄덕이더군요.

'그렇소, 우리는 당신이 애국자라는 걸 압니다. 비록 당신의 외숙부가 한때 사회민주당원이긴 했지만…….'

'한때라뇨?'

나도 모르게 되물었습니다. 다음 순간 나는 가슴 한구석에 에이는 듯한 아픔을 느꼈습니다. 여러 정황에도 불구하고 그때까지 우리는 외숙부에 대한 희망을 버리지 않고 있었습니다. 그 게슈타포는 자기가 의도했던 것 이상을 발설한 게 분명했습니다. 혹시 그것조차 실수가 아닌 연극이었을까요?

'과거에도 그렇고, 또 현재도 사회당원이란 뜻이지요.'

그는 얼른 정정했습니다. 그러나 이 말은 더욱더 절망적으로 들렸습니다.

'당신이 애국자라는 걸 알고 있어요.'

그가 되풀이해 말했습니다.

'그러나 이제 당신의 애국심을 보여줘야 할 때가 왔습니다.'

'무슨 말씀이신지요?'

나는 물었습니다. 서류를 넘기던 그의 손이 잠시 멈추는 듯하더니 접혀 있는 부분을 손으로 눌러 폈습니다. 그는 그것을 들여다보는 즐거움을 억누르지 못하는 듯했습니다. 다시금 나는 그가 내 전단사건에 대해 알고 있을지 모른다는 생각이 들었습니다.

'우리 일에 협조해주십시오.'

이렇게 잘라 말하고 그는 내 눈을 빤히 쳐다보았습니다. 그건 전혀 예상치 못한 일이었습니다. 그때 내 얼굴에는 놀라움이 아니면 어떤 급격한 표정의 변화가 스쳐갔을 겁니다.

'당신이 이곳으로 오실 필요는 없습니다.'

그가 재빨리 덧붙였습니다.

'우리 요원이 한 달에 한 번씩 당신을 만날 것입니다. 그러면 당신은 단지 그에게 이야기를……'

'뭘 이야기하라는 겁니까?'

그의 말을 끊고 내가 물었습니다.

'과학자들의 태도지요. 적대적이거나 혹은 반체제적인 언사 등에

대해서 말입니다.'

그는 단조롭게 말을 이었습니다.

'그렇다고 걱정하지는 마십시오. 우리가 원하는 것은 적절한 정보지 감시가 아닙니다. 당신들 연구소가 얼마나 중요한 곳인지는 잘 알고 계시겠지요?'

그의 말투는 의사가 환자에게 자기 처방을 따르라고 설득하는 것 같았습니다. 그는 옆으로 찢어진 검은 눈으로 나를 계속 쏘아보았습니다. 말끔하게 면도한 푸르스름한 얼굴은 너무나 팽팽해 보였습니다. 이미 잔뜩 긴장되어 있는 그의 살갗은 꼬집어 당겨도 어떤 찡그림이나 개인적인 감정이 전혀 나타날 것 같지 않았습니다. 그러니까 그는 자기가 맡은 직분에 아주 걸맞게, 오로지 한 가지 표정만 지으려는 것이었지요.

'만일 어떤 적대적인 말을 하는 경우에는······.'

나는 얼떨결에 대답하고야 말았습니다. 이런 경우의 의례적인 태도에 맞도록 내 목소리와 표정을 가다듬으면서 말이지요.

'저는 그 어떤 경우라도 당신에게 알려드릴 제 본분을 다하겠습니다.'

내가 이렇게 말하자 그의 눈에는 희미하게나마 권태로운 표정이 떠올랐습니다. 갑자기 나는 이 모든 것이 그가 오랫동안 여러 사람에게 들어온 그저 평범한 말이라는 걸 깨닫게 되었지요. 그래서 좀더 설득력 있게 들리도록 하기 위해 이렇게 덧붙였습니다.

'지금 우리는 적과 전쟁 중이라는 사실을 반드시 염두에 두어야겠

지요.'

그러자 분위기가 다소 부드러워졌습니다. 그들이 다른 사람들로부터 완곡한 거절의 대답을 들은 것이 한두 번은 아니었거든요.

'아, 물론 그렇지요.'

그가 무표정하게 말을 하고는 마침 울리기 시작한 전화기를 들었습니다.

'예.'

그가 대답하자 수화기에서 찢어지는 듯한 목소리가 새어나왔습니다. 그 목소리가 계속 이어지고 이따금 그는 '예' 하는 대답만 반복했습니다. 그의 짤막한 대답이 내게는 퍽 인상적이었습니다. 나는 그가 나를 겁주기 위해 고위층과 상대하는 척한다고 느꼈습니다.

'그가 억지를 쓰고 있습니다.'

수화기에다 대고 그가 갑자기 이렇게 말했습니다. 당연히 나는 흠칫 놀랐습니다.

'지금 제 방에 있습니다. 이리 오시지요.'

그가 말했습니다.

그는 전화로 줄곧 내 이야기를 하고 있었던 게 분명했습니다. 내 영혼을 낚는 이 어부가 자리에서 일어섰습니다. 그는 주머니에서 열쇠뭉치를 꺼내들고 금고 쪽으로 걸어갔습니다. 바로 그때 한 사람이 문을 열고 들어왔습니다. 나는 직감적으로 이 사람이 방금 통화한 그의 상급자라고 느꼈습니다. 그는 나를 무심하게 흘깃 쳐다보았습니다. 그래서 나는 그들이 전화로 얘기한 것은 내가 아니었구나 하고 생각했습니다.

　게슈타포는 금고를 열고 몸을 숙이더니 그 안을 들여다보았습니다. 잿빛 서류철이 선반에 빼곡이 들어차 있었습니다. 그는 그곳에 두 손가락을 찔러넣어 서류철 하나를 빼냈습니다. 서류철은 처음엔 저항하는 듯하더니 마침내는 생포된 동물의 울음소리같이 '끽' 소리를 내며 그의 손끝에 끌려나왔습니다. 서류철이 빽빽하게 차 있었기 때문에 마치 아무것도 꺼내지 않은 것처럼 선반은 얼른 빈 공간을 메우고 본래의 모습을 되찾았습니다. 나중에 들어온 사내는 서류철을 받아들자 아무 말 없이 방에서 나갔습니다.

　'그래서 우리에게 협조를 안 하시겠다는 겁니까?'

　게슈타포가 그의 자리로 돌아가며 이렇게 물었습니다. 그의 손은 다시 접혀진 서류를 펼쳤습니다.

　'그럴 리가 있겠습니까?'

　내 시선은 어쩔 수 없이 그의 손에 있는 서류로 자꾸만 끌려갔습니다.

　'당신 외숙부의 신조에 어긋나는 일이라 못하겠다, 이 말이지요?'

　그가 물었습니다. 나는 그가 약이 오르기 시작했다는 걸 느꼈습니다. 그리고 순간적으로 나는 지금 가장 중요한 것이 무엇인지를 깨달았습니다. 내가 인간적인 양심상 이 일에 협조할 수 없다는 것을 내색해서는 안 된다는 점이었지요.

　'신조와는 상관없는 일입니다.'

　나는 대답했습니다.

'그저 어떤 일을 하기에는 사명감이 필요하다는 얘기지요.'

'물론 그래야겠죠. 아마 당신은 올바른 사명감을 갖고 있을 겁니다.'

그의 마음이 약간 누그러진 것 같았습니다. 나는 잠시 침묵을 유지하다가 이렇게 말했습니다.

'그렇지 않습니다. 저는 제 생각을 잘 감추지 못하는 편입니다. 지나치게 수다스럽거든요.'

'유전적인 결함인가요?'

'그건 아닙니다. 그저 제 성격 탓이지요.'

'그건 그렇고, 대학 시절에 있었던 이 사건은 뭐죠?'

그가 느닷없이 머리를 들며 물었습니다. 나는 그가 서류를 넘기는 것을 미처 보지 못했습니다.

'어떤 사건 말씀이십니까?'

나는 입 안의 침이 바싹 마르는 걸 느꼈습니다.

'제 입으로 꼭 말씀드려야 합니까?'

그는 손가락으로 서류를 가리키며 말했습니다.

'무슨 사건인지 기억나는 게 없는데요.'

나는 마음을 단단히 긴장시키며 말했습니다. 우리는 한동안 상대방의 눈을 쏘아보았습니다. 나는 이렇게 생각했지요. 그가 알고 있다면 나는 더 이상 질 것도 없고, 그가 모르고 있다면 이렇게 당당하게 행동하는 길밖에 없다고 말입니다.

'좋소.'

그는 갑자기 이렇게 말하더니 메모지 더미에서 깨끗한 종이를 한

장 꺼내 내밀었습니다.

'지금 말한 것을 모두 여기에 쓰시오.'

'뭘 쓰라는 겁니까?'

'당신이 조국을 위해 일할 것을 거절한다는 것 말이오.'

그가 그 사건에 대해 모르고 있다고 생각하자 새로운 힘이 솟구쳤습니다. 그는 내가 학교 다닐 때 무슨 일인가 있었다는 것은 알지만 그 이상은 알지 못했습니다. 그가 갖고 있는 정보의 범위를 파악했다는 것은 아주 큰 기쁨이었습니다.

'나는 거절을 하고 있는 게 아닙니다.'

종이를 조심스레 옆으로 밀어놓으며 내가 말했습니다.

'그렇다면 내 제의를 받아들이시는 겁니까?'

'나는 조국에 대하여 내 의무를 수행할 만반의 태세를 갖추고 있습니다. 그러나 이렇게 격식 없는 제안에는 응할 수 없습니다.'

나는 가능한 한 부드러운 표현을 쓰고자 했습니다. 전단사건의 위기는 모면했지만, 또 언제 그 사건을 들먹일지 걱정스러웠습니다. 그가 그 일에 대해 단도직입적으로 물어왔을 때는 정말 눈앞이 캄캄했습니다. 그가 정확하게 모르고 있다는 걸 확신하고 있었지만, 위기를 넘긴 상황에서 그가 다시 이 약점을 건드릴까봐 마음이 한층 불안했던 거지요. 본능적으로 나는 이 주제에서 멀리 벗어나려 했습니다. 그리고 그것은 내가 뭔가를 양보함으로써 가능하다는 것을 느꼈습니다. 말하자면 다른 돌파구를 마련해야 그의 주의를 돌릴 수 있다고 본 거지요.

'그렇지 않소.'

그가 대답했습니다. 이때 그의 목소리에는 어딘가 감상적인 어조가 섞여 있었습니다.

'당신은 이 종이에다 애국적인 의무를 수행할 것을 거절한다는 내용만 정직하게 써놓으면 됩니다. 이 정도는 격식과 아무런 상관이 없습니다.'

'좀더 생각해보겠습니다.'

'물론 그래야겠지요.'

그는 다소 온화하게 말했습니다. 그리고는 책상 서랍을 열어 담배 한 대를 꺼내 물고 불을 붙였습니다.

'한 대 태우시겠소?'

'예, 좋습니다.'

그는 서랍에서 이미 개봉되어 있는 담배 한 갑을 꺼내어 내밀었습니다. 나는 담배를 하나 뺐습니다. 그때 나는 그가 물고 있는 담배가 내가 가진 것보다 훨씬 더 비싼 담배란 걸 알았습니다. 그가 불을 내밀자 나는 그의 얼굴에 대고 웃음을 터뜨릴 뻔했지요. 그는 담배에서조차 우월감을 느껴야 했던 것이 분명했습니다. 나는 묵묵히 침묵을 지켰고 그 또한 마찬가지였습니다. 나는 이제 모든 것이 끝났다는 듯한 태도를 취하고 있었습니다. 침묵은 나에게 유리한 것이었지요.

'명심해야 할 것은······.'

그가 침묵을 깨고 말했습니다.

'우리 일에는 반드시 물질적인 보상이 따른다는 겁니다.'

'어떤 식으로 말입니까?'

이러한 주제는 충분히 물고늘어질 만했습니다. 나는 그에게 그가 유도하는 대로 따라가고 있다는 인상을 줘야 했습니다.

'조건이 그리 나쁜 편은 아닙니다.'

'얼마나 됩니까?'

나는 의도적으로 거만하게 물었습니다. 나는 나 같은 지식인의 우유부단한 속성을 그가 성공적으로 제압했다는 걸 보여줘야 했습니다. 순간 그의 눈에 분개하는 빛이 번쩍이는 것 같았습니다. 그것은 바로 나 같은 부류를 능멸한다는 표시였지요. 아마도 내가 너무 지나쳤는지도 모르겠습니다.

'그것은 당신이 맡은 일의 성과에 따라 달라질 겁니다.'

그렇습니다. 분명 그는 '성과'라는 표현을 썼습니다. 나는 내 주머니 사정을 충분히 알고 있다는 듯이 유감스러운 표정으로 고개를 저었습니다.

'아닙니다. 저는 연구소에서 받는 보수만으로도 그다지 나쁜 편은 아니니까요.'

'하지만 우리는 조만간 당신에게 훌륭한 아파트도 마련해드릴 수 있습니다.'

그는 약간 초조한 듯이 말했습니다. 이제 우리는 홍정에 들어간 것입니다.

'저는 이미 훌륭한 아파트를 가지고 있습니다.'

'우리가 제공하는 아파트에는 시내에서 가장 훌륭한 방공대피소도

딸려 있습니다.'

그는 자신의 말이 하나도 잘못되지 않았다는 것을 강조라도 하듯 창 밖을 내다보았습니다.

'미국 공군놈들은 여자들이건 어린이들이건 가리지 않고 사정없이 퍼붓거든요. 이런 상황에서는 우리가 당신 같은 요원들을 보호해줘야 합니다.'

그것은 전형적인 국가사회주의자들의 논리였습니다. 미국은 여자와 어린이들에게 폭탄을 퍼붓는다. 그러므로 게슈타포 요원들의 특별보호가 반드시 필요하다, 뭐 이런 식이지요. 요컨대 이런 아슬아슬한 말의 게임이 세 시간이나 계속되었습니다. 이 게임의 요지는 내가 그들에게 기꺼이 협조할 의사를 보여줘야 한다는 것이었습니다. 그러나 끝끝내 내가 몸을 도사림으로써 그가 조금씩 낭패를 보고 있다는 느낌을 갖기 시작한 것입니다. 나는 다른 어떤 생각, 다시 말해 인간의 기본적인 양심과 아주 거리가 먼 이유 때문에 망설이고 있는 것처럼 보여야 했습니다. 그것이 둘 사이에 벌어지고 있는 아슬아슬한 게임의 요지였습니다. 그는 내가 해야 할 일이 궁극적으로 국가사회주의를 위하는 일이라는 걸 고도의 논리로 증명함으로써 나를 궁지에 몰아넣을 뻔했습니다. 그리고 직접적인 언질을 피하려던 나의 노력이 어느 순간, 그의 논리에 대해 거부하는 모습으로 비쳐질 뻔하기도 했습니다. 그러나 나는 이 문제를 겨우 모면했습니다. 이러한 비극적인 상황, 즉 밀고자가 되느냐 마느냐의 문제는 사실상 우리 동료들 사이에서 종종 논의되어왔던 문제였습니다. 그 동료들이란 당연히 몇 안 되는 믿을 만한 사람들을 말하는 것이지요."

여기서 내 친구는 말을 멈추고 깊이 생각에 잠겼다. 나는 샴페인을 더 따랐고 우리는 다시 잔을 비웠다.

"당신은 영웅주의를 부정합니까?"

나는 별 생각 없이 물었다.

"그런 건 아닙니다. 영웅은 천재 아니면 그 이상에 비견되는 사람을 말하는 거겠지요."

"그렇다면 당신의 결론은 무엇이었습니까?"

"나는 영웅적 행위란 늘 최고의 이성적·실천적 행동을 수반한다고 봅니다. 그러나 히틀러를 위해 밀고자가 되는 것을 거부한 한 과학자의 저항이란 기껏해야 게슈타포 사무실 안에서만 가능했을 뿐입니다."

"하지만 정견으로 거부할 필요는 없지 않습니까?"

"간접적인 거절은 무의미하지요. 내가 게슈타포라 하더라도 그런 제스처는 이해하려 들지 않을 것입니다. 가령 내가 그들의 제안을 수락했다고 합시다. 나의 밀고에 의해 어떤 사람이 제거된다 하더라도 그를 대신할 누군가가 분명 나타나게 마련이지요. 그건 끝이 아니라 새로운 시작일 뿐입니다."

"그렇군요. 하지만 밀고 대상자가 결코 제거되지 않는다는 가정 하에서는 어떤가요? 그때도 그는 여전히 자신의 양심을 위해 거절해야 하지 않을까요?"

"글쎄요."

그는 묘한 표정을 지으며 말했다.

"나는 그런 경우를 들어보지 못했습니다. 그건 너무 추상적이고, 또 지나치게 비타협적인, 맥시멀리스트(최대요구관철주의자)적인 견해군요. 『카라마조프의 형제들』에서나 볼 수 있는 경우처럼 말입니다. 그런데 당신네 나라에서는 영웅주의에 대해 다른 견해를 갖고 있다고 알고 있습니다만……."

"우리는 영웅주의자를 길러낼 수 있다고 봅니다."

나는 덜 복잡한 화제로 이야기가 돌아온 데 대해 조금은 해방감을 느끼며 대답했다. 나는 그가 내 말을 잘못 이해하고 있다는 생각이 들었다.

"나는 그렇게 생각하지 않습니다."

그가 고개를 저으며 말했다.

"파시즘의 상황에서는 어떤 사람, 특히 과학자 같은 사람에게, 히틀러에게 영웅적으로 저항하라고 요구할 수는 없다고 생각합니다. 그것은 아주 잘못된 것일 뿐 아니라 위험하기 그지없습니다. 만일 문제를 그런 식으로, 즉 파시즘에 영웅적으로 저항하거나 혹은 전적으로 가담하는 식으로…… 해결하려 한다면 그것은 국민들을 도덕적으로 완전히 무기력하게 만드는 일입니다. 처음에는 우리의 타협적인 전술을 비난한 과학자들도 몇몇 있었습니다. 그러나 나중에는 그들도 전적인 저항을 포기하고 연구에만 몰두했습니다. 어떻게 말씀하실지는 몰라도, 평범한 양심이란 위대한 것입니다."

"하지만 평범한 양심이 정권을 무너뜨릴 수는 없지 않습니까?"

"물론 그렇지요."

"그렇다면 해결책은 무엇일까요?"

"파시즘의 체제를 무너뜨릴 해결책은 붉은 군대가 갖고 있지 않았던가요?"

이렇게 말하면서 그의 찌그러진 얼굴에는 미소가 번졌다.

"만일 히틀러가 좀더 신중한 사람이어서 우리를 공격하지 않았더라면 어떻게 됐을까요? 그들의 체제는 영원히 살아남았을까요?"

"시기는 달랐겠지만, 언젠가는 소비에트 침공을 감행했을 겁니다. 하지만 문제는 그것이 아닙니다. 문제는 광적으로 서둘러서 쟁취한 그 승리들이 타락한 파시즘 정권으로 인해 채 두세 세대도 넘기지 못하고 무너졌을 거라는 점입니다. 붉은 군대 때문이 아니었더라도 말입니다. 왜냐하면 내가 말한 평범한 양심이 국가의 도덕적 기질을 유지하는 수단으로 큰 의미를 발휘하게 될 테니까요. 물론 붉은 군대가 이루어놓은 것보다 훨씬 더 시간이 걸리겠지만 말입니다."

"얘기가 빗나가고 있군요. 그래서 그후 당신은 어떻게 되었습니까?"

"간단히 말하자면……."

그는 담배를 또 하나 꺼내 불을 붙이며 말을 이었다.

"내 영혼을 쫓는 사냥이 약 세 시간 동안 계속되었습니다. 그런 도중에 그는 몇 번 방을 나갔다 왔습니다. 결국에는 우리 두 사람 모두 지쳤는데, 갑자기 그가 나를 자신의 상관에게 데리고 가더군요. 우리는 커다란 대기실로 들어갔습니다. 그곳에는 약간 살이 찐 듯한 중년의 브루넷(Brunette, 백인이나 피부가 거무스름하고 머리색과 눈동자가 고동

색인 사람) 여자 한 사람이 전화기가 잔뜩 놓인 책상 앞에 앉아 있었습니다. 대기실에는 다른 사람이 세 명 더 있었는데, 그 중 한 사람이 서류를 가지러 왔던 바로 그 사람이었지요. 여자는 수화기에 대고 이야기를 하고 있었어요. 딸과 통화하고 있었습니다. 소풍에서 막 돌아온 딸아이가 신나는 이야기를 엄마에게 퍼붓고 있는 중인 게 분명했어요. 전화기에서 멀리 떨어져 있었는데도 그렇게 느낄 수 있었습니다. 그런 이야기를 이런 곳에서 듣는다는 것이 묘한 느낌을 들게 했습니다. 그때 책상 위에서 벨이 울렸습니다.

'응, 그래. 이제 그만 끊자.'

여자는 수화기를 내려놓으며 말했습니다. 그녀는 일어나서 재빨리 사무실로 들어갔습니다. 네 명의 게슈타포 요원들은 각자 자기 옷을 가다듬었습니다. 2분쯤 지나자 여자가 나타났습니다.

'안으로 들어가세요.'

여자가 말했습니다. 그녀는 제자리로 돌아가며 나를 흘깃 쳐다보았는데, 그 시선은 내 신경을 곤두서게 만들었습니다. 매우 심술궂은 여자만이 보낼 수 있는, 악의로 가득 찬 시선이었어요. 그때까지 그곳에 있는 사람에게는 어느 한순간도 혐오나 경멸의 눈빛을 볼 수 없었거든요. 그녀의 표정에는 내 끈기에 대한 음흉한 호기심이 묻어 있었어요. 말하자면 '얼마나 고집불통이기에……' 하는 듯이 말이죠. 또 자기 상관에 대한 완벽한 믿음이 담겨 있었습니다. '아마 내 상관에게는 못 배길걸' 하는 것이었죠. 피로한 탓일 수도 있겠지만, 나는 내 창자가 어느 순간에 목구멍으로 넘어오는 듯한 기분이었습니다.

우리는 사무실로 들어갔습니다. 그 방은 매우 화려했습니다. 아까보다 한층 더 큰 책상 위에는 갖가지 색깔의 전화기가 여러 대 놓여 있었습니다. 또한 옛 성곽의 모양을 하고 있는 잉크 스탠드도 하나 있었죠. 덩치가 커다란 사내가 앉아 있었는데, 호화로운 레스토랑의 지배인 같았습니다. 그는 까만 머리카락에 옅은 황갈색 양복을 입고 화려한 넥타이를 매고 있었습니다. 그가 의자를 권하지 않았기에 우리는 문 앞에 그대로 서 있었습니다. 대기실에 있던 세 사람이 책상 쪽에 좀더 가까이 서 있었고, 내 안내인과 나는 조금 떨어져 있었습니다.

'그래, 저분이 아직 마음을 정하지 못했다고?'

소장이 동그란 눈으로 나를 꿰뚫어보며 버럭 소리를 질렀습니다.

'유능한 젊은 과학자이신데, 우리 일이 협조할 수 없다? 정말 믿을 수가 없군!'

그가 이렇게 소리치고는 벌떡 일어섰습니다. 크고 장대한 몸집이 정말 인상적이었지요.

'그것도 이 신성한 독일 땅에서 아시아인의 무리가 덤벼들고 있는 이때, 하늘에서는 악당의 무리가 폭탄을 퍼부어 죄 없는 어린이들이 죽어가고 있는 이때 말이오!'

이번엔 창문 쪽을 향해 소리를 질렀습니다. 창 너머 운동장에서는 아이들이 아직도 축구를 하고 있었습니다. 아까와 다른 아이들이겠지만 내게는 운동장도, 아이들도 모두 게슈타포가 전시용으로 갖다 놓은 소품처럼 느껴졌습니다.

'전 거절하고 있는 게 아닙니다.'

내가 말문을 열자 그가 제지했습니다.

'이것 보라고. 그러게 내가 뭐랬나?'

그가 다시 고함쳤습니다. 금방이라도 책상 위로 뛰어올라갈 기세였습니다. 그러나 곧 그는 어조를 누그러뜨려 자기 부하들을 향해 이렇게 말했습니다.

'그래, 이 사람에게 자기 의무가 무엇인지 설명해주지 못했단 말이지? 자네들은 저 독일인의 마음에서 열쇠 구멍을 찾지 못한 게로군.'

그는 커다란 눈을 끔뻑이며 나를 바라보았습니다. 그가 나를 설득하고 있는 모양이 나에게 협조를 구하는 것이라기보다는 그의 교육적인 권위를 여러 부하들 앞에서 과시하고 있는 것 같았습니다.

그는 '이 저능한 악마를 우리가 부끄럽게 만듭시다'라고 말하는 듯했습니다. 살인마 같은 어릿광대의 몸짓으로 말이지요.

'말하자면, 이런 겁니다……'

나는 그의 훈시 내지는 교육적인 절차가 나를 상당히 괴롭힐 거라고 감지하면서 입을 열었습니다. 바로 그 순간, 운 좋게도 문이 열렸습니다. 그는 잔뜩 약이 오른 황소처럼 문 쪽을 바라보았습니다. 비서였지요.

'베를린입니다.'

그녀는 부드럽게 말하면서 고갯짓으로 한 전화기를 가리켰습니다. 그가 수화기를 들었습니다. 순간, 우리는 모두 지상에서 사라진 존재가 되어버렸습니다. 그는 동상처럼 전화기에 몸을 굽히고 그 자리에 굳어버렸으니까요. 우리는 조용히 대기실로, 그리고 대기실에서 다시 복도로 물러났습니다. 비서는 우리를 완전히 무시했습니다. 나는 내 영혼을 낚는 어부와 함께 그의 사무실로 돌아왔습니다. 그가 나에게 극도로 진저리치고 있다는 걸 느꼈습니다. 또한 그와 그의 동료들은 자신들의 소장이 열렬한 훈시에 실패했다는 것을 내심 기뻐하고 있다는 것도 눈치챘습니다. 내 담당자는 나와 더 이상 논쟁하려 하지 않았습니다. 그는 내게 가도 좋다는 손짓을 했습니다. 그리고 쪽지에다 전화번호를 하나 적어주면서 이렇게 말했습니다.

'결심이 서거든 이 번호로 전화해주시오.'

'알겠습니다.'

나는 대답을 하고 방에서 나왔습니다. 내가 어떻게 집을 찾아왔는지는 기억이 잘 나지 않습니다. 거리를 걸으면서 나는 오래 앓고 난 사람처럼 무력감과 쾌감을 동시에 느꼈습니다. 뒤를 밟는 사람이 없다는 것을 확인하자 나는 쪽지를 찢어 쓰레기통에 버렸습니다. 왜 그런지 아직 그 번호를 기억하고는 있습니다만…….

다음날, 물론 나는 전화를 걸지 않았습니다. 그후 매일매일을 긴장감 속에서 살았습니다. 어느 날 저녁, 직장에서 돌아오자 아내가 말했습니다. 전화벨이 울려서 수화기를 들었는데, 상대방이 그냥 수화기를 놓더라는 겁니다. 며칠 후 내가 전화를 받은 적이 있는데, 또다시 아무런 대답이 없고 조심스레 수화기 놓는 소리만 들려왔습니다. 어쩌면 그것은 나의 상상이었는지도 모르겠습니다. 나는 어떻게 생각해야 할지 몰랐습니다. 거리나 버스 안에서 나는 누군가가 나를 감시하고 있다는 생각을 갖기 시작했습니다. 연구소 문을 드나들 때면 당직경비가 여느 때보다 더 나를 유심히 보는 듯한 불안감을 느꼈습니다.

그리고 두세 달이 지났습니다. 어느 날, 옛 친구가 전화를 걸어왔습니다. 그는 현재 유명한 형사전문변호사이며 베를린에 살고 있습니다. 평소와 마찬가지로 우리는 시내에서 만나 산책한 후 우리 집에 와서 저녁을 먹기로 했습니다. 아내도 좋아했습니다. 그는 늘 내게 도움을 주는 친구라고 아내는 믿고 있었거든요. 게다가 당시 내게는 활기를 북돋워줄 만한 무엇이 꼭 필요한 상황이었습니다. 그는 다소 경박스러웠지만 재치가 넘치는 친구였습니다. 그가 베를린에서 우리를 방문할 때면 언제나 이야기를 한 보따리씩 풀어놓곤 했습니다. 그의 이야기는 다른 어떤 정보보다 국내에서 벌어지는 일을 잘 이해할 수 있게 해주었습니다.

이번에도 그는 내게 전화를 걸면서 '하일 히틀러, 보살핌에 감사드립니다'라는 말을 남기고 전화를 끊었습니다. 모든 호텔 전화가 도청되어 있다는 것을 말해주는 것이지요. 모처럼 나도 활짝 웃었습니다. 나 역시 내 전화가 도청되고 있다는 걸 확신하고 있었지요.

그 친구와 나는 독일에서 일어나는 모든 일에 대해 비슷한 견해를 가지고 있었습니다. 말이 나온 김에 하는 말이지만, 그는 내가 학생 시절의 사건에 대해 이야기를 들려준 유일한 사람이었습니다.

'독일 제국이 천 년 동안 지속될 거라고 난 믿지 않네. 그렇기는커녕 우리 세대 동안이라도 지속된다면 오래가는 셈이지.'

그는 이렇게 말하곤 했지요. 유머감각을 타고난 사람들이 대개 그렇듯이, 그는 비관론자였습니다. 하지만 그동안 동부전선에서 들려온 승전보는 그가 독일의 잠재력을 너무 과소평가하지 않았나 하는 우려를 낳게 했습니다. 독일이 한창 승승장구하고 있을 때 나는 그의 비관론을 수정해보는 게 어떻겠냐고 제의한 적이 있었습니다. 하지만 그는 내 말에 동의하지 않았습니다.

'그 반댈세. 나는 독일의 잠재력을 과소평가한 게 아니라 히틀러의 광기를 과소평가했던 것일세.'

그는 그렇게 소리쳤지요.

우리는 그가 묵고 있는 호텔 라운지에서 만났습니다. 우리가 거리로 나와 안전한 곳에 이르자 내가 말했습니다.

'자, 시작해볼까. 히틀러가 방공대피소에 들어갔는데 말이야, 거기에서······.'

'맙소사! 요즈음은 부엉이들이나 그런 얘기를 한다네. 히틀러에 관한 건 카펫 먹기 시리즈가 최신판이란 말일세.'

'그건 뭔가?'

'잘 들어보게.'

그가 이야기 보따리를 풀기 시작했습니다. 그의 얘기는 대충 이런 것이었습니다. 히틀러가 동부전선의 패전 소식을 듣고는 자기 서재 바닥에 엎드려 카펫을 물어뜯으려 했다는 등등의 이야기였지요. 우리는 그렇게 몇 구역을 걸었습니다. 그는 끝도 없이 히틀러 시리즈를 늘어놓았습니다. 그가 마지막으로 들려준 이야기는 결코 최고의 걸 작은 아니었지만 내 기억 속에 깊이 새겨졌습니다.

히틀러가 새 카펫을 사려고 가게에 갔답니다. 판매원이 그에게 물었습니다.

'포장해드릴까요, 아니면 여기서 드시겠습니까?'

내 친구가 여기까지 이야기했을 때 내 담당 게슈타포 요원이 모퉁이를 돌아 우리 쪽으로 오는 것이 보였습니다. 나는 당황해서 그 게슈타포 요원을 아는 체해야 할지 말아야 할지 결정을 못 내리고 있었습니다. 결국 나는 인사를 하는 게 더 나을 거라고 생각하고 가볍게 목례를 하려 했습니다. 바로 그때였습니다. 나보다 앞서 문득 내 친구가 그와 목례를 나누는 것이 아니겠습니까? 우리는 계속 걸었습니다. 내 마음이 소용돌이치기 시작했습니다. 그는 계속 이야기를 했지만 나는 한마디도 알아들을 수 없었습니다. 그의 목소리가 아득히 먼 곳에서 들려오는 것 같았습니다. 많은 생각들이 갈피를 못 잡고 머릿속에서 어지럽게 휩쓸려 다녔습니다.

'그가 게슈타포를 위해 일하고 있었다니……. 그들이 전단사건에 대해 그를 증인으로 불렀다면 나는 총살을 면치 못할 것이다' 하는 생각들 말이죠.

그러나 나는 그 게슈타포 요원이 단지 그와 우연히 아는 사이일 거라는 희망을 버리지 못했습니다. 친구는 게슈타포가 정치적 재판이나 형사적 재판을 가리지 않고 개입한다는 사실을 종종 내게 말하곤 했지요.

그러나 그 내막을 어찌 알겠습니까? 순간 어떤 생각이 번쩍 떠올랐습니다. 그리 복잡한 것은 아니었습니다. 아주 간단한 것이었지요. 그에게 직접 물어보는 것입니다. 만일 우연히 알게 된 사이라면 상대가 누구라고 말할 것이고, 그러나 그들이 비밀스런 관계를 갖고 있다면 다른 말을 꾸며댈 테니까요.

'그런데 조금 전에 인사한 그 사람은 누군가?'

몇 분쯤 지나 그에게 물었습니다. 오! 그의 대답을 얼마나 조마조마하게 기다렸는지 모릅니다. 그가 사실대로만 말해준다면 나는 그를 와락 껴안아줄 작정이었습니다.

'음, 그저 알게 된 사람일세.'

그는 애써 태연하게 대답하더군요. 나는 그가 순간적으로 말을 더듬는 걸 느꼈습니다. 그리고는 그 다음 일들이 모두 안개 속에서 벌어지는 것 같았습니다. 그때 공습경보가 울렸습니다. 우리는 대피할 곳을 찾아 뛰었습니다. 우리는 폐허가 된 건물 근처에서 한쪽 면만 가릴 수 있는 낡은 대피소를 발견했습니다.

그는 나를 안으로 밀어넣고 콘크리트 계단을 주르륵 미끄러져 들어왔습니다. 대공포소리가 머리 위에서 '꽝' 하며 울렸습니다. 포탄 하나가 가까운 곳에서 터졌는지 땅이 뒤집힐 듯이 흔들렸습니다. 점차 포탄소리가 멀어지면서 다른 곳으로 옮겨갔습니다. 대공포소리도 점점 희미해졌습니다.

방공호에서 죽는다는 것은 끔찍한 일입니다. 그러나 게슈타포에게 잡혀 죽음을 당한다는 것은 얼마나 더 끔찍한 일일까요? 고문이 두려워서가 아닙니다. 거기에는 뭔가 수수께끼 같은 데가 있습니다. 마치 유령에게 목이 졸리는 듯한 기분 말입니다. 그것은 다른 사람들이 철저히 모르는 가운데, 그것도 조국의 이름으로 처형된다는 억울함에서 오는 공포 때문인지도 모르지요.

 그렇지만 내가 큰 죄를 저지르기라도 했던가요? 나는 단지 교양 있는 국민들이라면 이미 알고 있는 내용을 전단에 옮겨 쓴 것뿐입니다. 히틀러의 저서는 분명 여러 군데에서 문법에 맞지 않았습니다. 그렇다고 내가 독일어 문법을 새로 만들기라도 했던가요? 우리는 분명히 그것을 알고 있었고, 다른 사람들에게 그것을 알리려 했을 뿐입니다. 각자가 알고 있는 것을 왜 서로가 함께 알고 있으면 안 된다는 거죠? 그러나 정말로 나를 우울하게 만드는 것은 죄책감이었습니다. 내가 왜 죄책감을 느껴야 하냐고요? 지난번 게슈타포와의 게임에서 나는 나도 모르게 암묵적이나마 동의하려 했던 순간이 분명 있었다는 겁니다. 그렇지 않다면 내가 왜 죄책감을 느끼겠습니까?

 우리는 차가운 콘크리트 바닥에 앉아 있었습니다. 바닥에는 빨간 벽돌 조각이 흩어져 있었습니다. 어슴푸레한 빛 속에서 깨진 벽돌은 바닥에 흘린 핏자국 같았습니다

 '제기랄!'
 이렇게 말하면서 그는 몸을 털었습니다.
 '이건 정말 못할 짓이군.'
 그는 코트 주머니를 뒤져 담뱃갑을 꺼냈습니다.
 '한 대 피우겠나?'
 '아니.'

나는 거절했습니다. 담배를 피우고 싶은 생각이 있을 턱이 없지요. 그는 라이터를 몇 번 찰칵거리다가 겨우 불을 붙였습니다. 담배를 빨아들일 때마다 그의 둥근 머리가 담뱃불로 인해 뚜렷이 윤곽을 드러냈습니다. 그 모습이 어둠 속으로 사라졌을 때 나는 갑자기 그의 머리가 과녁판 같다는 생각이 들었습니다. 내 마음속에서 어느새 결심이 굳어지고 있었습니다. 저 머리가 앞으로 세 번만 더 나타나면 그때 해치우겠다고 말입니다. 그러나 세 번이 지나고 나자 나는 그에게 다시 한 번 물어봐야겠다고 생각했습니다.

'이봐, 에밀. 아까 거리에서 인사한 사람이 누군가?'

그는 내 목소리에서 뭔가를 감지한 모양이었습니다. 음습하고 으슥한 방공호의 정적 속에서 나는 그것을 느꼈습니다. 천장 틈새로 흙이 떨어졌습니다. 조그만 흙덩이들이 후드득거리며 떨어지는 소리가 들렸습니다.

'그래, 꼭 알고 싶다면 말하지. 그 사람은 게슈타포일세. 그런데 왜 그게 그토록 알고 싶은가?'

그가 말했습니다. 나는 완전히 맥이 풀리는 느낌이었습니다.

'그 사람을 어떻게 알게 되었나?'

'대학 동창이야. 졸업반 때 그는 당국으로부터 게슈타포가 되라는 제의를 받았지. 나를 찾아와 조언을 구하더군.'

'그래, 조언을 해주었나?'

'미쳤나?'

그가 갑자기 소리를 질렀습니다.

'게슈타포에 들어갈까 말까 하고 묻는다는 것은 이미 들어가기로 마음먹었다는 뜻이야. 그걸 말리는 것은 미친 짓이지. 그런데 무슨 이유라도 있나?'

'담배 한 대 주게나.'

그는 어둠 속에서 담뱃갑을 내밀었습니다. 그제야 나는 그때까지도 오른손으로 무거운 벽돌 조각을 움켜쥐고 있다는 걸 깨달았습니다. 나는 그 차갑고 끈끈한 것을 손에서 떨어뜨렸습니다. 에밀은 눈치채지 못한 것 같았습니다.

나는 그에게 자초지종을 이야기했습니다.

'그래, 자네는 나를 그렇게 생각했단 말인가?'

그가 화난 듯이 물었습니다.

'왜 사실대로 말하지 않았나?'

내가 되물었습니다. 그가 어둠 속에서 나를 뚫어질 듯 응시하고 있는 것을 느꼈습니다. 그는 잠시 간격을 두고 대답했습니다.

'변호사로서 게슈타포에 있는 사람은 거의 다 알고 있다는 사실을 자네에게 말하고 싶지 않았네.'

나는 우리 사이에 뭔가 차가운 기운이 흐른다는 걸 감지했습니다. 아마 그도 그것을 느꼈을 것입니다. 천장에서는 여전히 흙이 계속 떨어지고 있었습니다.

'이제 좀 조용해진 것 같군.'

그가 일어서면서 말했습니다.

'건물이 무너지기 전에 어서 여길 나가세.'

그때였습니다. 나는 갑자기 웃음이 터져나오는 것을 걷잡을 수 없었습니다. 일종의 히스테리였든지, 아니면 단순한 해방감이었겠지요. 나는 그 게슈타포 요원이 나에게 제안했던 가장 안전한 대피소를 떠올렸습니다. 어찌된 일인지 나는 그들이 전 독일을 향해 약속했던, 그리고 아직도 그 효력이 남아 있는 허망한 약속들을 떠올렸습니다. 그러자 지난 10여 년 동안에 걸친 독일의 역사가 어처구니없게 눈앞에 그려졌습니다.

'뭘 보고 그리 웃는지 모르겠군.'

밖으로 나오자 에밀이 말했습니다.

'그들이 우리에게 무슨 짓을 저질렀는지 좀 보라고.'

'알아.'

그 당시 나는 그의 말뜻을 완전히 알지 못했습니다. 하지만 시간이 조금 지나자 그 말의 의미는 다름 아닌 우리의 우정이 끝났다는 것을 안다는 뜻이었습니다. 그는 자기가 게슈타포 요원을 알고 있다는 것이 부끄러워 내게 말하지 않았습니다. 그런데도 나는 그가 나를 배신했을지도 모른다고 생각했고, 그것에 대해 조금도 부끄러워하지 않았던 것입니다. 어쩌면 그것은 우정을 깨뜨리기에 너무나 사소한 일이었을까요? 그러나 실제로는 그 이상이었습니다. 우정이란 시험대에 오르는 것을 무척 싫어합니다. 시험은 우정을 타락시키며 그 가치를 파괴합니다. 만일 우정이 시험을 거쳐야 하거나 실질적인 보증을 필요로 한다면, 우정은 지적인 상품 교환에 불과하겠지요.

우정은 시험을 통해 확인할 수 있는 신용이 아닙니다. 그것은 어떠한 시험 이전에 이미 존재하는 상대방에 대한 지극한 신뢰감입니다. 동시에 곁에 있는 사람을 정신적으로 충만하게 해주는 행복이고, 기쁨입니다.

만일 내가 어떤 사람의 친구라고 말한다면, 그러한 감정 속에는 인간의 위대하고도 숙명적인 우애에 대한 깨달음이 내포되어 있습니다. 그리고 시험에 대해 말한다면…… 만일 운명이 친구의 우정을 시험하라고 부추긴다면…… 그것은 친구의 신뢰에 대해 확인·날인한 추천장을 요구하는 것과 다름없습니다. 내 이야기가 너무 길어진 것 같군요……."

그가 말을 마치고는 겸연쩍은 표정을 지었다.

"그런 일이 다시는 없기를 바라며 우리 건배합시다."

그가 말을 멈춘 틈을 타 불쑥 잔을 들어올렸다. 나는 그가 지난날을 회상하느라 흥분해 있을 거라고 생각했다.

"예, 건배합시다."

그는 긴 이야기를 늘어놓은 것에 스스로 당황해하면서 내 제안을 받아들였다.

우리는 잔을 비웠다. 샴페인은 이제 미지근해져 있었다. 나는 내가 권한 축배의 말도 그리 설득력 있게 들리지 못했음을 깨달았다. 내 친구는 회고담을 말하느라 지쳤는지 정신이 멍한 상태인 것 같았다. 나는 그의 활력을 되살려주려고 지난 가을 대표단과 함께 서독을 방문했던 이야기를 들려주었다. 나는 그곳에서 독일 국민들이 우리 대표단에게 보여준 우정이 무척 인상적이었다고 말했다. 그는 고개를 끄덕였는데, 내 이야기에 만족해하는 것 같았다. 그 때문인지 그는 다시 활기를 되찾은 것 같았다.
"우리 독일인들은 말입니다……."
그가 간신히 웃음을 억누르며 말했다. 이번에 그는 얼굴을 별로 찡그리지 않았다.
"지도자들이 가지고 다니는 큰 지휘봉에 대해 존경심을 쉽게 지워 버리지 못하는 것 같습니다."
이 말에 우리 둘은 크게 웃음을 터뜨렸다. 만일 방파제에서 걸어오는 사람들을 보지 못했더라면 그 웃음은 한동안 계속되었을 것이다. 우리가 얘기하는 동안 배가 도착한 것이 분명했다.
"우…… 후!"
그는 갑자기 애조가 느껴지는 소리를 지르고는 방파제 쪽으로 급히 걸어갔다. 독일인의 영혼 깊숙한 곳에서 솟아나온 기묘한 소리를 듣자 나는 그가 지금까지 러시아어를 유창하게 했다는 것을 새삼 깨달았다.
그가 방파제에 다다랐을 때, 여행객 몇 명이 그때까지 방파제를 거닐고 있었다. 그들이 독일어로 인사를 나누며 떠드는 소리가 이곳까지 들려왔다. 우리 러시아 사람들도 독일을 여행할 때면 그들처럼 시끄럽게 인사를 주고받는다. 주위 사람들이 우리가 하는 러시아어를 못 알아들을 거라는 생각에 익숙해지면 우리가 내는 큰 소리도 못 들을 것이라고 착각하기 때문이다.
노인은 아직도 황혼기의 숙녀친구와 탁자에 앉아 이야기를 나누고 있었다. 나는 그의 시선이 내게 머무는 걸 느꼈다.
"저 사람이 독일인이었습니까?"
그가 놀라며 내게 물었다.
"예, 그런데 그건 왜 물어보시죠?"
"아, 나는 그가 에스토니아인인 줄 알았소."
그는 자기가 그 사실을 미리 알았더라면 뭔가를 할 수 있었다는 듯이 안타까운 기색으로 말했다.
"동독입니까, 서독입니까?"
잠시 후 그는 좋은 기회를 놓쳤다는 아쉬움에, 그러나 자신이 저지른 착각이 얼마나 빗나갔는지를 알고 싶다는 투로 물어왔다.
"서독입니다."
"그가 키신저에 대해 뭐라고 합디까?"
그는 호기심을 가지고 몸을 기울이며 물어왔다.
"그 점에 대해선 아무 말도 안 했습니다."
"아하! 저런."
그는 오만한 자세로 이렇게 말하고 나서 핑크빛 머리를 좌우로 흔들었다.
나는 웃음을 터뜨렸다. 노인의 표정이 우스꽝스러웠다. 그는 내 웃음을 따라 득의의 미소를 짓고 있었다.
"하긴 그가 무슨 할 말이 있겠소?"
그는 낄낄 웃으면서 곁에 있는 동행인에게 말했다.
"우리는 신문에서 보고 다 알고 있잖소."

그때였다. 독일인이 아내와 딸을 데리고 미소를 지으며 우리 쪽으로 다가왔다. 그가 가족들을 소개했다. 나는 인사치레로 샴페인을 한 병 더 마시지 않겠느냐고 물었다. 그의 아내가 고개를 저었다. 그리고는 햇볕에 탄 팔을 들어올려 시계를 가리켰다. 그녀는 다른 사람들처럼 매우 짧은 옷을 입고 있었다. 갈색 피부의 그녀는 젊고 건강미가 넘쳤다. 그 나라 국민들이 겪었을 어두운 역사적 그림자가 그녀에게만큼은 찾아볼 수 없을 정도였다. 소녀는 샴페인 마시는 것을 부모님이 허락한다면 매우 기뻐할 것 같은 눈치였다. 그녀의 아버지와 나는 굳은 악수를 나누었고, 그들은 호텔로 떠나갔다.

"전쟁에서 승리한 쪽은 우린데, 즐기며 여행하는 쪽은 독일인들이군요."

그들이 걸어가는 모습을 바라보며 노인이 말했다. 그의 입가에는 아까와 달리 시샘하는 미소가 떠올라 있었다.

나는 아무 대답도 하지 않았다.

"원하신다면……."

그는 정색을 하고 옆의 여인에게 말했다.

"내일 제가 프랑스의 앙드레 모루아가 쓴 『조르주 상드의 생애와 모험』을 부인께 갖다드리지요."

"예, 좋아요."

"그 책 역시 희귀본입니다. 그녀의 연인들에 대한 이야기가 모두 실려 있지요. 예를 들면 프레드릭 쇼팽, 프라스페르 메리메, 알프레드 드 뮈세……."

그는 잠시 말을 멈추고 조르주 상드의 나머지 연인들을 기억해내려고 애를 썼다.

"모파상은 아닌가요?"

여인이 미심쩍은 듯이 말했다.

"당신은 의견을 말할 때 그냥 모파상이라고 해서는 안 됩니다. 기 드 모파상이라고 해야지요."

노인이 엄격하게 그녀의 말을 고쳐주었다.

"어쨌든 당신의 대답은 틀렸습니다. 위대한 유럽인들이 많이 포함되어 있긴 해도 분명 기 드 모파상은 아니라는 겁니다."

"잘못을 가르쳐주셔서 정말 감사합니다."

여인은 더 이상의 논쟁이 불필요하다는 것을 그제야 깨달은 것처럼 말했다.

"분명히 하세요. 그건 정말 희귀본이니까요."

노인이 주머니에 묵주를 집어넣으며 말했다.

"내일 같은 시간에 여기서 기다리는 것 말입니다."

"예, 약속하겠어요."

여인이 공손하게 대답했다.

"그럼 내일을 기대하시고 저는 이만……"

노인은 다시 한 번 다짐을 주고 핑크빛 머리를 숙였다. 그는 길 건너편으로 성큼성큼 걸어갔다.

여인은 그의 뒷모습을 바라보았다. 그리고 다소 걱정스럽다는 듯이 내게 물어왔다.

"저이가 내일 정말로 올까요?"

"물론 오실 겁니다. 달리 무슨 할 일이 있겠습니까?"

"참, 여러 종류의 사람들이 많군요."

여인은 한숨을 쉬었다. 그녀는 망연히 앉아 있었다. 여인은 아까보다 훨씬 몸집이 커 보이고 더 쓸쓸해 보였다.

나는 계산을 하고 커피숍으로 발걸음을 옮겼다. 해는 바다 위로 약간 기울어져 있었다. 독일인 물리학자의 아내와 딸을 싣고 왔던 배는 승객도 거의 없이 해변 쪽으로 떠나갔다. 커피숍에 도착한 나는 몇 명의 노인들에 둘러싸여 앉아 있는 그 노인을 보았다. 커피빛이 감도는 다른 노인들의 시든 얼굴과 대조적으로 그의 불그스레한 얼굴은 한층 혈기왕성해 보였다.

코도르 강 상류의 송어낚시

아침 일찍 눈을 떴다. 그러자 전날 저녁에 송어낚시를 가겠다고 마음먹었던 기억이 곧 머리에 떠올랐다. 아마도 나를 깨운 것은 바로 그 생각이었을 것이다. 나는 머리를 들고 주위를 둘러보았다. 아이들은 모두 깊이 잠들어 있었다. 그들의 자세는 갑작스럽게 잠이 덮친 것처럼 어떤 행동을 하려다 멈춘 듯한 묘한 자세들이었다.

라일락빛 여명이 창문으로 스며들었다. 아직 이른 새벽이었다. 통나무 벽이 희미하게 황금빛을 내며 신선한 송진 냄새를 풍겼다.

1주일 내내 우리는 산악지대를 여행했다. 그곳에서 우리는 코카서스 지방을 방어하기 위한 전투지역들을 둘러보았다. 이 답사는 우리 대학의 지리학과 학생들이 오래 전부터 계획했던 것이다. 답사대의 인솔은 체육강사인 내 친구 아브탄딜 치크리제가 맡았다. 나에게 함께 가자고 한 사람은 그였다. 나는 흔쾌히 수락했다.

일정의 마지막 날, 식량이 모자라―누군가가 학생들의 식욕을 과소평가한 탓에―우리는 점심도 먹지 못한 채 먼 거리를 걸어 저녁 무렵에야 이 마을에 도착했다.

다행히 텐트를 치지 않아도 되었다. 이 지방의 민병대장이 우리를 환영한다며 하룻밤 묵을 수 있는 잠자리를 제공해주었기 때문이다. 우리의 잠자리는 예전에 창고였거나, 아니면 마을회관으로 쓰였음직한 낡은 건물이었다. 우리는 배낭을 팽개치고 행복에 겨워 강가의 풀밭에 늘어졌다. 그때 민병대장이 낚싯대를 들고 우리 앞에 나타났다.

그는 가파른 언덕을 내려오더니 능숙한 솜씨로 수면이 잔잔한 강의 한 웅덩이에 낚싯줄을 던졌다. 그는 그 웅덩이에 대해 훤히 알고 있는 듯했다. 그는 낚싯줄을 던져 약간 흔든 다음 순식간에 송어를 건져올렸다. 먼발치서 보면 낚싯줄 끝에 매달린 기다랗고 가는 바늘로 그저 물고기를 꿰어 나오는 것 같았다. 약 30분 동안 송어를 10여 마리나 낚은 그는, 그날 목표량을 다 채웠다는 듯이 낚싯줄을 감고 우리 쪽으로 다가왔다.

몹시 지쳐 있었는데도 그날 저녁, 나는 한 학생과 개암나무 가지를 잘라 낚싯대를 만들었다. 그 학생의 이름은 루시크였다. 어떤 아브하쟈인 마을에서는 아이들 이름을 러시아식으로 짓거나 혹은 러시아 단어를 이름으로 사용하기도 한다. 그런 경우, 대부분 라디오에서 자주 듣는 단어를 쓴다. 예를 들어 내가 알고 있던 한 청년의 이름은 '보이나'(전쟁이라는 뜻)였다. 아마도 그 이름 때문에 조심해서 그랬

겠지만, 그는 우난히 평화적인 행동을 취하는 학생이었다.

루시크도 마찬가지였다. 그는 자신의 여성적인 이름에 마법이라도 걸린 듯이 수줍음을 잘 탔다. 그렇지만 꼼꼼하고 공손한 태도를 취해서인지 다른 아이들 사이에서 돋보였다. 몸은 작은 당나귀처럼 건장했고, 그의 놀라운 체력은 두 명의 체육선수가 섞여 있는 답사대원들마저 무색케 만들었다.

나는 배낭에서 등산용 칼과 성냥갑 두 개를 꺼내고 나서 배낭을 다시 벽에 세워놓았다. 성냥갑 하나에는 물고기 알이 들어 있고, 다른 하나에는 여분의 낚시바늘이 들어 있었다.

알이 든 성냥갑은 우리가 마루흐 산 밑에서 야영하고 있을 때 어떤 남자가 모닥불을 보고 찾아와 준 것이었다.

이곳에는 우리보다 먼저 지리학연구단이 캠프를 세우고 지형연구를 하고 있었다. 그는 이 연구단이 헬리콥터를 타고 올 때 함께 타고 왔다고 말했다. 그는 금발에 서른 살쯤 되어 보였는데, 나이에 비해 살이 통통하게 올라 있었다.

그는 새 셔츠에 묵직해 보이는 새 등산화를 신고 있었으며, 손에는 피켈을 들고 있었다. 그는 두 시간쯤 모닥불 가에서 우리의 탐험에 대해 귀찮지 않을 정도의 관심을 보였다. 그가 자신의 이름을 밝혔지만 나는 곧 잊어버리고 말았다. 하필이면 바로 그 순간에 어떤 학생이 그에게 근무하는 곳이 어디냐고 물었던 것이다.

"아주 높은 부서에서 근무하고 있지."

그는 자기가 근무하는 부서가 이 고원의 높이보다 더 높다는 걸 암시라도 하듯이 다정한 미소를 띠며 말했다. 그의 대답은 재치 있는 것처럼 느껴졌다. 하지만 그 이상의 말은 덧붙이지 않았다. 물론 우리는 그가 어디에서 근무하든 특별한 관심은 없었다.

다음날 아침, 떠날 준비를 하며 짐을 꾸리고 있을 때였다. 그가 내게 물고기 알이 가득 들어 있는 성냥갑을 건네주었다. 나는 이 지방의 송어가 메뚜기를 미끼로 쓰면 잘 잡히지 않는다는 걸 알고 있었다. 이틀 전, 나는 이 지방에서는 알맞은 미끼인 지렁이마저 찾아보기 힘들다고 투덜거렸다. 그때 그는 내가 한 이야기를 고스란히 듣고 있었던 것이다.

"따뜻한 지방에서는 땅도 썩어서 그 속에 든 벌레까지 잡아먹는 것 같습니다."

나는 스스로 생각해도 놀랄 만한 궤변을 늘어놓았다.

하지만 그는 납득이 간다는 듯 진지하게 고개를 끄덕였다. 정작 나 자신은 정신분열자 같은 내 말의 의미를 정확히 알지 못했다. 그런데 다음날 아침, 그는 내 말을 새겨들었다는 듯이 물고기 알을 가지고 나를 찾아왔다.

나는 그의 자상함에 감동하면서, 그의 이름을 까먹어버린 걸 안타까워했다. 그렇다고 다시 이름을 묻는다는 것도 어쩐지 어색한 것 같았다. 그 대신 나는 그가 높은 부서에서 근무하고 있다는 사실을 확실히 믿고 있는 것처럼 보이려고 했다. 어쩌면 그가 그것조차 눈치챘는지도 모르지만.

우리는 배낭을 지고 일렬종대로 다음 답사 코스를 향해 출발했다.

그는 헬리콥터 옆에 서 있었다. 새 셔츠를 입은 그는 한 손에 피켈을 들고 다른 손에 새 스반 모자를 쥐고 흔들며 우리에게 작별인사를 해 왔다. 나는 가장무도회에서나 볼 수 있는 그의 등산복 차림을 용서해 주기로 했다. 험준한 산맥에 둘러싸인 푸른 초원 위에서, 헬리콥터와 함께 서 있는 그의 모습을 보자 항공여행의 광고사진으로 쓰였으면 참 좋겠다는 생각이 문득 들었다.

나는 배낭 주머니의 단추를 채우고 빠뜨린 게 없는지 옷을 더듬어 본 다음 자리에서 일어섰다. '잠에서 깨어나면 따라오겠지' 하는 생각으로 루시크를 깨우지 않기로 했다. 그동안 그의 마음이 변했는지도 모르는 일이었다. 어쨌든 낚시란 혼자서 하는 것이 더 좋을 때도 있었다.

식탁 위에는 반질반질한 갈색 껍질의 흰 빵 덩어리가 놓여 있었다. 엇저녁 민병대장이 마을의 가게로 가서 빵과 버터, 설탕, 마카로니 등을 갖다주었던 것이다. 빵이 그처럼 많이 쌓여 있는 것은 보는 것만으로도 즐거웠다.

나는 칼을 꺼내 빵 덩어리를 자르기 시작했다. 탄력이 느껴지는 빵에서는 칼이 지나가면서 듣기 좋은 마찰음이 들려왔다. 자고 있던 한 아이가 꿈을 꾸는지 입맛을 쩝쩝 다셨다. 버터 통도 눈에 띄었다. 나는 잘라낸 빵 조각에다 두텁게 버터를 발랐다. 그리고 그것을 한 입 베어 물며 입맛을 다시던 아이를 힐끗 돌아보았다. 이번에 아이는 아무 반응도 보이지 않았다.

나는 베란다로 나가 칼을 난간에 대고 툭 쳐서 날을 접었다. 접히는 곳에 녹이 슬었는지 그렇게 힘을 줘야 겨우 접혔다.

그때, 자고 있는 줄 알았던 루시크가 현관 계단 옆에 서 있는 것이 보였다. 그 옆에는 낚싯대가 벽에 기대어져 있었다.

"거기 있은 지 오래되었나?"

나는 입 안에서 빵을 우물거리며 물었다.

"아닙니다."

그는 불사조같이 커다란 눈으로 나를 바라보며 말했다. 거기서 기다리고 있는 자기 모습을 보고 내가 당황할까봐 걱정스러워하는 기색이었다.

"자네도 빵 한 조각 잘라먹지 그래?"

나는 그에게 칼을 들어 보이며 말했다.

"별로 생각 없어요."

루시크는 머리를 내저었다.

"그래도 어서 갔다와."

나는 또 한 입 베어 물며 재차 말했다.

"이른 아침에 아무것도 먹지 않는다는 건 저의 오랜 습관입니다. 저희 어머니를 두고 맹세할 수 있습니다."

루시크는 코를 찡그렸다. 그리고는 눈썹에 닿을 듯 이마로 흘러내린 머리카락을 위로 쓸어올렸다.

"좋아, 그러면 나가서 지렁이나 잡아보자."

나는 계단을 내려왔다.

루시크가 낚싯대 두 개를 들고 따라나섰다.

우리는 마을길을 따라 걸었다. 길 왼편으로는 관공서와 집단농장 관리소, 음식점, 그리고 통나무로 새로 지은 갈색 헛간들이 보였다. 건물들은 하나같이 벼랑 끝에 있었다. 보이지는 않지만, 그 뒤쪽으로 강물이 굽이치며 흘러가는 소리가 들려왔다. 오른쪽은 옥수수 밭이었다. 한창 무르익은 옥수수는 고루 알이 들어찬 듯 탱탱해 보였다. 거리는 텅 비어 있었다. 다만 대포알처럼 까맣고 길쭉하게 생긴 토종 돼지 세 마리가 어슬렁거리며 지나갔다.

하늘은 엷은 푸른빛을 띠고 있었다. 그 빛은 매우 우아하고 부드러웠다. 눈앞에 펼쳐져 있는 남쪽 하늘에서는 큰 별 하나가 희뿌연 빛을 발하고 있었다. 다른 별은 하나도 보이지 않았다. 그 별은 집으로 돌아간 다른 별들을 따라가지 못하고 혼자 뒤처져 있는 것처럼 보였다. 나는 길을 따라 걸어가면서 수줍어하는 듯한, 크고 촉촉한 별을 마음속으로 한껏 찬미했다.

아직 햇살이 닿지 않은 산은 음울한 푸른빛을 띠고 있었다. 뾰족하게 솟은 산꼭대기의 한 지점만 황금빛으로 불타는 듯했다.

오른쪽의 옥수수 밭 뒤로는 시골 학교 운동장과 작고 초라한 교사校舍가 보였다. 한가운데 교실 문 하나가 열려 있었다. 교실은 모두 현관에 연결된 기다란 베란다 쪽으로 문이 나 있고, 베란다 끝에는 책상들이 쌓여 있었다.

학교 운동장을 가로질러 큰길 쪽으로 길이 하나 나 있었다. 그 길에는 홍수로 떠내려온 자갈과 큰돌들이 여기저기 흩어져 있었다.

우리는 이곳에서 지렁이 사냥을 하기로 했다. 내가 버터 바른 빵을 마저 먹어치우는 동안 루시크는 낚싯대를 담에 기대놓고 돌을 들어 올리기 시작했다.

"지렁이가 좀 있어?"

루시크가 첫 번째 돌을 들고 밑을 들여다보고 있을 때 내가 물었다. 그는 돌 밑에 지렁이가 없으면 본래 있던 대로 내려놓을 셈이었는지 돌을 반쯤만 쳐들었다.

"예, 있어요."

돌을 아예 옆으로 치워버리며 루시크가 말했다. 나는 마지막 빵 한 조각을 입 안으로 털어넣었다. 담배 생각이 간절했으나 주머니에 담배가 세 개피밖에 없다는 것을 떠올리고는 그냥 참기로 했다. 나는 지렁이를 담기 위해 주머니에 들어 있는 성냥갑을 꺼내 성냥개비를 모두 쏟아냈다. 루시크는 자기가 쓸 지렁이를 깡통에 담고 있었다.

우리는 길을 따라 하나하나 돌을 들추며 앞으로 나아갔다. 돌 밑에는 쓸 만한 지렁이가 그리 많지 않았다. 어떤 돌 밑에는 지렁이가 전혀 없었다. 몸집이 작은 루시크는 이따금 아주 큰 돌을 들어내기도 했다. 그의 팔뚝은 어떤 일도 마다하지 않을 것처럼 튼실해 보였다. 구석구석 강건하고 다부진 그의 작은 몸매는 어떤 중력의 저항도 이겨낼 것 같았다.

길을 따라가는 동안 우리는 학교와 나란히 서게 되었다. 문득 고개를 들자 베란다에 한 여인이 보였다. 그녀는 양동이에다 걸레를 빨고 있었다. 나는 방금 전까지도 그녀를 보지 못했다는 데에 의아해했다. 더욱이 그녀가 금발의 러시아 여자라는 걸 알고는 더욱 놀랐다. 이 지방에서는 무척 보기 드문 일이었다.

"안녕하십니까?"

그녀가 이쪽으로 고개를 돌리자 나는 인사를 건넸다.

"안녕하세요?"

그녀는 매우 정감 있게 대답했다. 그러나 별다른 호기심은 보이지 않았다.

열 살 남짓한 소녀가 빗자루를 들고 문이 열려 있는 교실에서 나왔다. 소녀는 빗자루를 양동이에 담그고 흔들더니 계단에 대고 몇 번을 탁탁 털어냈다. 그리고 우리를 조용히 쳐다보고는 다시 교실 안으로 들어갔다. 소녀는 매우 아름다웠다. 그녀는 우리의 시선을 의식한 듯 등을 똑바로 세우고 안으로 걸어 들어갔다. 그녀의 얼굴에서 풍기는 매력은 동양적인 화려함과 슬라브인의 부드러운 용모가 결합한 데서 오는 것 같았다.

나는 루시크를 돌아보았다. 그는 순진한 불사조 같은 눈을 커다랗게 뜨고 입을 벌린 채 그녀를 바라보고 있었다.

"저 소녀는 어디서 왔을까요?"

그가 아브하쟈 말로 내게 물었다.

"한 3년 전쯤 이곳으로 이주해왔을 거야."

루시크는 한숨을 내쉬고는 계속해서 다음 돌을 들어올렸다. 나도 그를 따라 몸을 숙였다.

나는 여인이 베란다 바닥을 걸레로 문지르고 다시 물로 씻어내는 소리를 들었다. 전쟁 후의 궁핍한 사정이 그녀를 이 산골로 데려온 게 분명해 보였다. 그리고 어느 스반 남자와 결혼해 저 소녀를 낳았고 결국 이곳에 눌러앉게 된 것이리라. 내 통찰력에 신뢰를 보내면서 나는 이렇게 결론지었다.

"강으로 내려가려면 어디로 가야 하죠?"

내가 여인에게 물었다.

그녀는 허리를 쭉 펴면서 목 근육을 부드럽게 하려고 고개를 뒤로 젖혔다.

"저쪽이오."

그녀는 팔을 들어 먼 곳을 가리켰다. 그녀는 팔꿈치까지 물에 젖어 있었다.

"저 집 있는 데까지 가시면 내려가는 길이 보일 겁니다."

"잘 알겠습니다."

루시크가 말했다.

이때 소녀가 빗자루를 들고 다시 밖으로 나왔다.

"따님이신가요?"

내가 물었다.

"큰딸이에요."

그녀는 자랑스러운 듯 분명하게 대답했다.

"그럼, 저 따님말고 다른 따님이 또 있다는 말씀입니까?"

"모두 여섯입니다."

여인이 미소를 지으며 말했다.

그건 정말 놀라운 일이었다. 여섯 아이의 어머니라 하기에 그녀는 너무 젊어 보였다.

"남편께서 학교에 근무하시는 모양이군요?"

"남편은 집단농장의 소장이에요."

그녀는 내 말을 고쳐주고는 길 건너편에 있는 집을 향해 고갯짓을 하며 덧붙였다.

"저기가 우리 집이에요."

과일나무에 가려서 집이 잘 보이지 않았지만, 나는 그 집이 농장 소장 정도에 어울릴 만한, 널찍하고 잘 지은 집이라는 걸 한눈에 느꼈다.

"저는 기상대에서 근무하고 있어요. 여기 일은 그저 부업 삼아 하는 일이랍니다."

우리 대화에 귀를 기울이고 있던 소녀가 빗자루를 현관 계단으로 내던지고는 자기 어머니를 날카롭게 쏘아보며 다시 교실로 들어갔다. 여전히 등을 꼿꼿하게 세운 채였다.

"정말 힘드시겠군요?"

나는 가사며, 아이들 키우기, 그리고 무엇보다도 이방인들 사이에서 살아가는 일이 얼마나 힘들까를 생각하며 이렇게 물었다.

"별로 그렇지도 않아요. 딸아이가 많이 도와주니까요……."

우리는 더 이상 다른 이야기를 하지 않았다. 루시크와 나는 지렁이를 넉넉하게 잡은 다음 낚싯대를 들고 그곳을 떠났다. 나는 작별인사를 하려고 돌아보았으나 그네들은 교실 안으로 책상을 옮기느라 우리를 쳐다볼 겨를이 없었다.

학교 건너편에 있는 집을 지나치면서 나는 금발에 까만 눈동자를 가진 네 명의 아이를 보았다. 그들은 새 울타리에 매달려 거리를 내다보고 있었다.

"아빠가 뭘 하시는 분이니?"

나는 그 중에서 가장 나이 들어 보이는, 여섯 살 정도 된 소년에게 물었다.

"소장이에요."

소년이 숨가쁜 소리로 대답했다. 그는 손가락으로 울타리 막대를 꽉 움켜쥐고 매달려 있었다.

길에서 벗어나 우리는 가파른 비탈길로 내려갔다. 자그마한 조약돌이 발 밑에서 구르는 바람에 나는 때때로 낚싯대를 브레이크로 사용해야 했다. 길 양옆으로 개암나무 덤불이며 엘더베리와 흑딸기 덤불이 늘어져 있었다. 흑딸기 덤불의 가지 하나가 쭉 뻗어나와 있었는데, 그 가지에는 흙먼지가 앉은 흑딸기가 잔뜩 매달려 있었다. 그걸 보고 나는 그냥 지나칠 수가 없었다.

나는 낚싯대를 땅에 세우고 미끄러지지 않도록 턱에 괸 다음 조심스레 흑딸기를 한 움큼 땄다. '훅' 하고 입김을 불어 먼지를 털어낸 다음 시원하고 달콤한 딸기를 입 안 가득 집어넣었다. 가지에는 아직도 딸기가 많이 달려 있었지만, 더 이상의 미련은 접어두고 길을 가기로 했다. 강물소리가 가까워지자 어서 빨리 강둑에 이르고 싶은 마음뿐이었다.

 루시크는 아래에서 나를 기다리고 있었다. 강둑에 다다르자 시원한 바람이 불어왔다. 바람결에 실려 굽이치는 강물소리도 들렸다.
 가까이 들려오는 물소리가 우리의 발걸음을 재촉했다. 우리는 강쪽으로 나 있는 마른 자갈길을 저벅저벅 걸어갔다. 강에서 10미터쯤 떨어진 곳에 이르러 나는 루시크에게 조용히 하라는 신호를 보냈다. 그리고 자갈소리가 나지 않도록 살금살금 강가로 걸어갔다.
 이런 방법은 어느 노련한 낚시꾼이 행동으로 가르쳐준 것이었다. 처음에 그가 사냥감에게 다가가는 사냥꾼처럼 살금살금 강가로 기어가는 것을 봤을 때는 그 모습이 우스꽝스러웠다. 그러나 그가 잠깐 동안 송어를 20마리나 낚아 올리는 걸 봤을 때는 연륜이라는 걸 인정하지 않을 수 없었다. 그동안 나는 겨우 송어새끼 두 마리를 건져올렸을 뿐이었다.
 루시크가 손짓하며 어느 한 곳을 가리켰다. 바라보니 하류 쪽으로 50미터쯤 떨어진 곳에 한 소년이 낚싯대를 드리우고 있었다. 나는 그가 우리 일행 중 한 명이라는 걸 금방 알아챘다.
 선수친 사람이 있다는 것은 별로 유쾌한 일이 아니었다. 나는 내 수하의 한 학생이 낚시를 하려 했다는 것조차 알지 못한 셈이다. 우리의 시선을 의식한 듯 그가 주위를 둘러보았다. 나는 잘 잡히는지 어떤지 몸짓으로 물어보았다. 그가 맥없이 손을 내저었다. 신통치 않다는 뜻이었다. 그가 실망스러운 듯 얼굴을 찌푸리는 것이 언뜻 보였다. 그는 이내 몸을 고쳐 앉고 자기 낚싯대 쪽으로 고개를 돌렸다.

그렇다면 그가 우리를 앞질러와 조금 전부터 낚시를 시작한 게 아닐까 하는 생각이 들었다. 어쨌든 물고기들은 그가 이곳에 먼저 왔다는 것을 인정해준 것 같지는 않았다.

나는 루시크에게 하류로 내려가 나와 일정한 간격을 유지하라는 신호를 보냈다. 그는 조심스레 하류 쪽으로 내려갔다.

나는 방수 재킷에서 성냥갑을 꺼내 통통한 지렁이 한 마리를 골라 낚시바늘에 걸었다. 지렁이는 고통스러운 듯 전신을 꿈틀거렸다.

마침 그곳은 강물이 갈라지는 지점이었다. 두 강물 사이에는 잡초와 오리나무 등이 뒤덮여 있는 기다란 섬이 있었다. 강의 큰 줄기는 건너편에 있었다. 이쪽 지류는 저쪽보다 가는 반면 물살이 빨랐고, 조금 아래쪽에는 작고 깊은 웅덩이가 보였다. 나는 그쪽으로 살금살금 다가갔다. 그리고 낚싯줄의 길이를 헤아려보려고 한 손으로 추를 잡고 다른 손으로 낚싯대를 뒤로 당겨보았다. 대충 가늠이 끝나자 나는 낚싯대를 살짝 퉁겨 줄을 던졌다. 추는 웅덩이 속으로 정확하게 빨려들어갔다.

이제 문제는 낚시바늘이 다른 곳에 걸리지 않도록 하는 것이었다. 나는 바늘이 물 속의 돌이나 수초에 걸리지 않도록 느슨하게 당겨보았다. 그때 뭔가 줄을 당기는 느낌이 전해져왔다. 내 손은 반사적으로 줄을 낚아챘다. 낚시바늘이 올라왔으나 물고기는 걸려 있지 않았다. 몇 번이나 똑같은 실수가 거듭했다. 그제야 나는 물 밑에 흐르는 빠른 물살이 낚시바늘을 잡아당긴다는 사실을 알아챘다. 그런데도 내 손목은 매번 전기에 감전된 것처럼 홱 당기곤 했다. 물고기의 입질이 아니라는 생각보다 내 반사적인 행동이 항상 몇 분의 1초를 앞질렀다.

조금 지나자 또 가볍게 당기는 느낌이 전해져왔다. 이번에는 손이 저절로 움직이지 않도록 가만히 웅크리고 앉아 있었다. 긴장감을 유지한 채 또 한 번 입질이 오기를 기다렸다. 완벽한 촉감이 전해져오기 전까지는 절대로 당기지 않으리라고 마음먹었다.

'만약 입질하는 것이 물고기라면, 녀석은 곧 또 한 번 시도할 것이다. 그러니 침착하게 기다리자.'

물고기가 다시 입질을 했지만, 이번에도 손은 꼼짝하지 않았다. 지금 이 녀석은 아까보다 더 신중했다.

'좋았어, 하지만 미끼에 걸려들었다고 느껴질 때까지 좀더 기다려봐야지.'

예상대로 물고기는 다시 공격해왔다. 순간 나는 잽싸게 낚아챘다. 물이 뚝뚝 떨어지는 송어가 공중에서 퍼덕거렸다. 물기를 머금은 송어의 비늘은 빛을 받아 반짝반짝거렸다. 나는 낚싯대를 둑 쪽으로 기울였다. 묵직한 송어가 낚싯줄 끝에 매달려 춤추듯이 눈앞으로 다가왔다. 나는 흥분에 들떠 단숨에 그것을 손으로 잡지 못했다. 몇 번인가 손을 내민 끝에야 비로소 팔팔하게 살아 움직이는 차가운 녀석의 몸뚱이를 손에 꽉 쥘 수 있었다. 나는 낚싯대를 조심스레 발 밑에 내려놓았다. 그리고 물고기를 더욱 단단히 쥔 채 다른 손으로 소리 없이 딸꾹질하는 녀석의 입에서 낚시바늘을 빼주었다.

이렇게 큰 송어를 잡아보기는 처음이었다. 그것은 다 자란 옥수수

몸통 정도는 족히 되어 보였다. 등에는 붉은 반점이 있었다. 나는 조심스레 재킷 주머니를 열고 그놈을 주머니에다 집어넣었다. 녀석은 주머니 안에서 힘차게 요동쳤다. 순간 주머니 안에 칼이 들어 있다는 생각이 들었다. 잘못하다가는 칼자루 때문에 물고기 몸에 상처가 생길지도 모르는 일이었다. 나는 칼을 꺼내어 다른 주머니에 넣고 다시 주머니를 닫았다. 여전히 차가운 녀석의 촉감이 잠깐 동안 손등에 느껴졌다.

한순간 현기증이 느껴질 만큼 뿌듯한 행복감이 밀려왔다. 나는 긴장을 풀기 위해 허리를 쭉 펴고 자리에서 일어났다. 그러고 나서 심호흡을 하며 주위를 둘러보았다. 강물은 눈에 띄게 환해졌고 수면을 감도는 바람결에서도 따뜻한 기운이 느껴졌다. 강 건너편에 있는 산들은 암청색 그늘에 잠겨 있었지만, 뒤편에 있는 산봉우리들은 한결같이 황금빛으로 빛났다.

루시크는 하류 쪽으로 그리 멀지 않은 곳에 있었다. 그는 내가 물고기 낚는 것을 보지 못한 것 같았다. 그렇지 않았다면 그는 내가 있는 쪽을 지금까지도 쳐다보고 있었을 텐데 말이다. 루시크는 이전에 한 번도 물고기를 낚아본 적이 없었다. 나와 함께 산악지방에서 한두 번 송어를 잡으려고 했던 적이 있었으나 성공을 거두진 못했다. 그러니 실제로 낚시를 하면서 짜릿한 맛을 경험한 적은 없었다.

실제로 아브하쟈인들 중에는 전문가다운 낚시꾼이 없었다. 수백 년 동안 바닷가에서 살아온 민족이 낚시를 즐겨하지 않는다는 것은 참으로 기이한 일이다. 그러나 나는 옛날부터 늘 그래왔던 것은 아니라고 생각한다. 19세기 아브하쟈인들은 터키로 대이동을 해야 했던 불행한 과거가 있었다. 그 이주에는 해안지방과 강 유역의 거주민들도 포함되어 있었다. 따라서 그때 아브하쟈인의 어업도 갑작스럽게 대가 끊기고 만 것이리라.

낚시처럼 눈앞에 보이는 것조차 인간의 기억 속에서 깨끗이 사라질 수 있다면, 우리는 이보다 더 무너지기 쉬운 가치들을 상실이라는 위험 앞에서 얼마나 조심스럽게 지켜나가야 하는 것일까……

우리보다 먼저 왔던 학생이 자리를 옮겼다.

그제야 나는 그 학생이 누군지 알 수 있었다. 자기 집에 작은 모터보트가 있다는 학생이었다. 그는 아버지와 함께 이따금 모터보트를 타고 바다 낚시를 간다고 내게 말한 적이 있었다. 나는 그에게 물고기를 팔아본 적이 있느냐고 물었다. 모터보트가 있으면 좋은 여울목을 찾아내어 많은 물고기를 잡을 수 있기 때문이었다.

그는 내 눈을 빤히 쳐다보더니 자기네는 절대로 잡은 물고기를 팔지 않는다고 말했다. 나는 그가 내 말에 기분이 몹시 상했다는 것을 느꼈다. 별다른 뜻이 있었던 건 아니었는데도 말이다.

다시 나는 미끼를 달아 낚싯줄을 드리웠다. 이번에는 선 채로 낚시를 했다. 왠지 그 방법이 좋을 거라는 느낌이 들었다.

잠시 후 또다시 입질이 느껴졌다. 이번에도 손이 먼저 움직이지 않도록 조심했다. 낚싯줄은 몇 번 더 흔들리는 듯하더니 이내 잠잠해졌다. 나는 녀석의 속임수에 넘어가지 않기 위해 좀더 기다려보기로 했다. 한참 후 이상한 생각이 들어 줄을 당겨보니 미끼가 없어진 뒤였다. 물고기가 얌전히 미끼를 먹어치웠는데도, 나는 빈 낚시바늘을 물고기가 물기를 기다리고 있었던 것이다.

나는 다시 미끼를 걸고 신중하게 줄을 던졌다. 낚싯줄은 웅덩이의 소용돌이 속에서 부드러운 원모양을 그렸다. 나는 낚싯대가 떠내려 가려고 할 때만 그것을 살짝 당겨놓았다. 하지만 도무지 입질이 없었다. 이번에는 미끼를 약간 하류로 내려보낸 다음 물살을 따라 올라오게 하는 방법을 택했다. 좀더 대담한 물고기를 유혹해보려는 생각이었다.

주머니 속에 든 송어가 지느러미로 내 배를 찰싹찰싹 쳤다. 그 생생한 감촉이 인내심을 북돋워주었다.

마침내 내 인내력은 결실을 거두었다. 중간 정도 크기의 송어를 낚아 아까와 같이 주머니에 집어넣었다. 한동안 가만히 있던 첫 번째 송어가 두 번째 녀석과 함께 팔딱거렸다. 녀석은 갑자기 친구가 생겨 기분이 좋은 모양이었다. 새로운 친구를 맞음으로써 삶의 희망이 갑자기 샘솟기라도 한 것이었을까. 그러나 나는 이내 다르게 생각했다. 두 번째 송어가 가져다준 물기와 산소가 첫 번째 물고기에게 활력을 되찾아준 것이었다. 나는 쭈그리고 앉아 두 손으로 강물을 떠서 주머니에다 부어주었다.

물을 만난 송어 두 마리가 팔딱거리며 가끔씩 고맙다는 듯 내 배를 쿡쿡 찔렀다. 어리석은 자의 기쁨처럼 기묘한 느낌을 주는 감촉이었다.

더 이상 같은 자리에서는 소득이 있을 것 같지 않았다. 그래서 나는 자리를 옮기기로 하고 줄을 당겨 낚싯대에 감았다.

좀더 상류로 올라가볼까 했지만, 깎아지른 절벽이 강물에 닿아 있어 달리 돌아갈 길이 없었다. 더 위쪽은 둑과 붙어 있었지만 다시 위로 올라가지 않고 그곳까지 갈 수 있는 방법은 없었다. 할 수 없이 나는 하류로 내려갔다.

어느새 해는 산마루 위로 떠올라 주위를 밝게 해주었다. 볕은 기분 좋게 따사로웠다. 산등성이 뒤로 안개가 피어올랐다. 물이 얕은 곳에서는 자갈들이 상쾌하게 빛을 냈고, 모래 바닥에는 물살의 그림자가 가늘게 흔들렸다. 때때로 모래 바닥에서는 뚜렷한 이유도 없이 작은 소용돌이가 생겨났다.

나는 루시크에게 다가갔다. 그는 물이 허리까지 잠기는 곳에 들어가 잔뜩 긴장된 표정으로 고개를 숙이고 있었다. 불사조같이 커다란 그의 눈은 계속해서 물 속을 더듬거렸다. 강둑에는 그의 옷이 얌전하게 개어져 있었다.

"바늘이 어디 걸렸나 봅니다. 못 빼내겠어요."

뜻밖에도 그는 노인 같은 목소리로 말했다. 이 가엾은 친구는 감기에 걸려 목이 쉰 게 틀림없었다.

"이리 나오게."

"낚시바늘이 망가질 텐데요."

루시크는 초췌한 노인처럼 목쉰 소리로 말하고는 마지못한 듯 물 속에서 나왔다.

추위 때문에 그의 살갗은 온통 푸르퉁퉁했다.

나는 낚싯대를 잡아당겨 어딘가에 걸린 바늘을 끊어냈다. 그리고 빈 낚싯줄에 새 바늘을 달아주었다. 한 손에는 바늘을 쥐고, 실매듭의 한쪽 끝을 이 사이에 물고 단단히 당긴 다음 끝을 끊어냈다. 평소에는 잘 하지 못하던 일이었다.

"자, 됐다."

나는 이로 끊은 매듭 끝을 수면으로 뱉어내며 말했다.

"고기 좀 잡으셨어요?"

루시크가 이를 달그락거리며 물었다.

"두 마리."

나는 재킷 주머니를 열어 속에 있는 놈들을 보여주었다. 루시크가 손을 집어넣어 큰 놈을 꺼냈다. 녀석은 아직 살아 있었다.

"굉장히 큰데요!"

그는 떨면서 쉰 목소리로 말했다.

"물고기가 입질하는 것은 느껴지는데, 물지를 않아요."

"서두를 필요는 없지."

그가 송어를 주머니 속에 다시 넣자 나는 물가로 가서 신선한 물을 몇 움큼 더 넣어주었다.

"아직 안 가실 겁니까?"

"그럴 셈이네."

나는 강둑을 내려가며 대답했다.

"저는 조금만 더 있다가 돌아갈 겁니다. 사람들이 기다릴 거예요."

루시크가 등뒤에서 소리쳤다. 이번에는 그의 목소리가 훨씬 맑게 들렸다.

나는 돌아보지 않은 채 고개를 끄덕이고 계속 앞으로 걸어갔다. 저 멀리 아까 그 학생이 눈에 띄었다. 또다시 자리를 바꾼 모양이었다. 그는 계속해서 자리를 바꾸고 있었다. 그것은 아직도 그가 물고기를 낚지 못했다는 증거였다.

될 수 있으면 나는 혼자 있고 싶었다. 그 학생 근처에서 낚시를 한다는 것은 소용없을 것 같았다. 비록 훌륭한 웅덩이가 있을지 모르지만 그가 그곳의 물을 죄다 흐려놓았을 게 뻔했다.

나는 눈앞에 새로운 웅덩이를 발견하고 낚싯줄을 던졌다. 그러자 곧장 입질이 느껴졌다. 그러나 그뒤로는 잠잠했다. 시간을 허비한 것이 아까웠지만, 그만큼 만회하겠다는 생각에 인내심을 가지고 물 속의 신호를 기다렸다.

툭! 툭!

두 번 연속해서 입질이 느껴졌다. 낚싯대를 잡아채자 송어 한 마리가 단숨에 끌려나왔다.

"옳지, 참고 기다리는 자에게 복이 있을지니."

나는 중얼거리며 낚싯줄을 눈앞으로 끌어왔다. 그리고 송어를 손으로 잡으려는 찰나, 녀석이 몸을 퍼덕이더니 둑으로 털썩 떨어졌다. 나는 낚싯대를 내려놓고 얼른 그놈을 잡으려 했으나 송어는 필사적으로 몸부림치며 강물 속으로 미끄러져 들어갔다. 마치 녀석의 배에 발이라도 달려 있는 것 같았다.

나는 아둔한 내 행동을 후회하며 낚싯줄을 마구 감았다. 그리고는 뛰다시피 하류로 내려갔다.

학생은 물이 무릎까지 차는 지점에서 낚시를 하고 있었다. 보기와 달리 그곳은 여러 개의 여울물이 겹쳐 물살이 빨랐다. 그는 위험 따위는 아랑곳없이 낚시를 하는 데만 신경을 쓰는 것 같았다.

"잘 잡히니?"

내가 소리쳤다.

그가 돌아보더니 고개를 저으며 물었다.

"많이 잡으셨어요?"

강물소리가 그의 목소리를 집어삼켰다. 나는 그에게 손가락 두 개를 펴 보이고, 주머니에서 큰 송어를 꺼내 보여주었다.

나는 계속 아래쪽으로 내려갔다. 가장 좋은 곳을 찾을 때까지 계속 내려가볼 작정이었다.

옅은 라일락 빛깔의 커다랗고 반반한 바위가 나타났다. 그 바위와 강둑 사이에는 가느다란 내가 흐르고 있었다. 한쪽에 깊은 웅덩이가 보이고, 다른 쪽에서는 둑에 부딪힌 물이 역류하고 있었다.

그곳을 보자 나는 갑자기 흥분이 되살아났다. 나는 자갈소리를 내지 않도록 조심하며 바위 쪽으로 다가갔다. 최대한 발소리를 죽여 물가로 다가간 다음 나는 낚싯대를 바위에 기대놓고 훌쩍 바위 위로 뛰어올랐다.

바위는 차갑고 미끄러웠다. 음지 속에 들어 있는 바위는 이슬이 채 마르지 않은 상태였다. 나는 낚싯대를 집어들고 조심스레 바위 정상

으로 올라갔다. 그곳은 이슬이 완전히 말라 있고, 바위 밑의 양쪽에는 깊고 푸른 웅덩이가 고요하게 놓여 있었다.

'좋은 장소에 걸맞은 훌륭한 미끼를 써야지.'

나는 내 존재가 발각되지 않도록 조심하면서 주머니에서 물고기 알이 든 성냥갑을 꺼냈다. 성냥갑은 습기를 머금은 탓에 힘을 준 뒤에야 겨우 열렸다. 사실 물고기 알은 잘 쓰지 않는 미끼였다. 물고기 알이라면 한 양동이를 얻을 수 있는 코만도르스키예 섬에서도 그것을 미끼로 쓰는 경우를 본 적이 없었다. 성냥갑 안에는 황갈색 알들이 건포도 크기의 촘촘한 덩어리로 뭉쳐 있었다.

나는 이 미끼를 전해준 친구가 정말 높은 부서에 있는 사람일 거라고 생각했다. 그러면서 이 알들이 과연 어떤 물고기 알일까 궁금해졌다. 그 사람에게 물어볼 걸 하는 생각이 그제야 들었다.

등뒤로 내리쬐는 햇살이 기분 좋게 느껴졌다. 강물은 시끄러운 소리 없이 흘렀다. 조용하고도 푸른 물 속이 나를 유혹했다. 투명한 물고기 알은 햇빛을 받자 우아하게 빛이 났다. 나는 알 두 개를 바늘에 걸고, 서로가 잘 떨어지지 않도록 살짝 누른 다음 낚싯줄을 던졌다. 그동안에도 내 존재가 물고기들에게 드러나지 않도록 최대한 조심했다.

붉은 물고기 알이 푸른 물 속에서 반짝거리더니 곧 사라졌다. 추가 바닥에 닿는 느낌이 왔다. 나는 낚싯대를 살짝 들어올리고 가만히 기다렸다. 잠시 후 낚싯대를 조금 들어 몇 번 앞뒤로 움직였다. 그리고 나서 다시 추를 바닥에 닿도록 했다. 물 속에서 노닐고 있는 매혹적인 여왕 알처럼 보이려는 계산이었다.

툭!

물고기가 움직이는 미끼를 건드리는 느낌이 전해져왔다. 하지만 나는 잠시 멈추어 서서 제2차 공격을 기다렸다. 하지만 아무 소식이 없었다. 송어는 이렇게 멋진 먹이를 발견했다는 게 도무지 믿어지지 않는 모양이었다. 나는 낚싯대를 살짝 쳤다. 그러자 송어가 다시 한 번 미끼를 건드렸다. 이번에는 좀더 폭넓게 낚싯줄을 움직여보기로 했다. 녀석이 보기에 이 탐나는 먹이가 그냥 움직이기만 하는 것이 아니라 자꾸 도망가는 것처럼 혼돈을 줄 작정이었다. 녀석이 그것을 물려면 좀더 과감한 행동을 취하도록 하려는 것이었다.

툭, 툭, 툭!

신호가 연이어 왔다. 일순간 나는 낚싯대를 잡아챘다. 물고기는 금방 밖으로 나오지 않고 물 속에서 있는 힘을 다해 저항했다. 그러나 계속해서 낚싯대를 잡아당기자 이내 송어 한 마리가 팔딱거리며 허공으로 딸려나왔다. 물 속에서 퍼덕일 때는 아주 큰 놈이라고 생각했으나 막상 꺼내놓고 보니 처음에 잡은 송어보다 크지는 않았다. 그래도 꽤 큰 편이었다.

그것을 주머니에 넣자 세 마리의 물고기가 퍼덕였다. 새로 들어온 포로가 기진맥진해 있던 동료들에게 활기를 불어넣어준 모양이었다.

나는 바위의 다른 쪽을 내려다보았다. 그쪽은 햇빛이 비치고 있어서 물이 더 맑게 보였지만 바닥은 보이지 않았다. 웅덩이가 꽤 깊었다. 이번에는 이쪽으로 던져보고, 그러고 나서 이쪽저쪽 번갈아 낚시를 해보기로 했다.

물고기 알 두 개를 더 낚시바늘에 걸었다. 나는 주머니에 가득한 송어들이 놀라지 않도록 좀더 편한 자세로 앉아 낚싯줄을 던졌다. 햇볕에 따뜻해진 바위는 오랜 세월에 걸쳐 굳어진 건강한 돌 냄새를 풍겼다. 나는 셔츠 주머니에서 담배를 한 대 꺼내 물고 불을 붙였다.

담배 맛은 아주 그만이었다. 하지만 시간이 지나도 입질이 없는 것이 좀 이상했다. 강물은 좀더 하류로 내려가 다시 두 줄기로 갈라졌다. 그 중간에 생긴 야트막한 모래 섬에는 잡초 몇 포기와 물밤나무 한 그루가 서 있었다. 고독한 밤나무의 가지는 물에 닿을 만큼 굽어 있었다. 일광욕하기에 아주 좋은 곳이라는 생각이 들었다. 햇빛이 너무 뜨거우면 나무 그늘로 들어가 쉴 수도 있었다. 그 섬은 해빙기 때나 큰비가 내리면 침수될 게 분명했다.

나는 담배꽁초를 멀리 내던졌다. 그리고 낚싯대에서 왜 아무 기척도 없는지 궁금해하면서 좀더 기다렸다. 혹시 물 속에 비친 햇빛 때문에 낚싯줄이 보이고, 그래서 고기들이 놀라 도망간 것은 아닐까 하고 생각했다.

나는 바위 반대편으로 몸을 돌렸다. 바로 그때 커다란 송어가 눈에 띄었다. 다른 쪽에서 오랫동안 운 없이 기다렸던 터라 그처럼 크게 보였는지도 모른다. 어쨌든 그놈은 분명히 아까 것보다 컸다. 그렇다고 첫 번째 것만큼 클 것 같지는 않았다. 어쩌면 연어일지도 모른다는 생각이 들었다. 그건 그렇고, 큰 송어와 작은 연어는 어떻게 구분될까?

나는 즉시 반대편으로 낚시를 드리웠다. 그때 갑자기 '찰각' 하는 소리가 들려왔다.

"무슨 소리지?"

나는 주위를 둘러봤다.

머리 위로 높이 솟아 있는 절벽 위에 열댓 명의 꼬마들이 모여 있었다. 그 중에 몇 명은 책가방을 들고 있었다. 내가 자기들을 발견한 걸 눈치채자 꼬마들은 왁자하게 함성을 질러댔다. 그들 중 책가방을 들지 않은 아이들이 팔을 휘둘렀다. 다음 순간 작고 날카로운 돌 몇 개가 내가 앉아 있는 바위 주변으로 떨어졌다. 조금 전 '찰칵' 하고 났던 소리는 아이들이 던진 돌멩이가 바위와 부딪친 소리였다.

나는 주먹을 흔들어 보였다. 그러나 내 행동은 꼬마들을 더욱 신바람 나게 만들었다. 그들은 팔짝팔짝 뛰며 즐겁게 떠들어댔다. 이제 아이들은 가방을 내려놓고 본격적으로 팔을 휘둘러댔다. 잠시 후 열댓 개의 돌이 우르르 쏟아졌다. 그 가운데 하나가 바위로 떨어졌다. 몇 개는 둑에 있는 자갈에 퉁겼다가 가장 한심스럽고 예기치 못한 방법으로 내가 있는 바위를 향해 굴절되어 날아들었다.

약이 바짝 오른 나는 일어서서 두 주먹을 흔들었다. 아이들이 일제히 아우성을 지르는 걸로 보아 그 행동 역시 녀석들을 극도로 즐겁게 해준 모양이었다.

할 수 없이 나는 그들을 못 본 척하기도 했다. 아이들이 소리를 몇 번 질러댔지만 나는 낚싯대와 낚싯줄에만 몰두해 있는 척했다. 하지만 무슨 놈의 낚시를 할 정신이 있겠는가?

앉은 채로 나는 강둑을 곁눈질해보았다. 여전히 그곳으로 원수 같은 돌들이 떨어지고 있었다. 녀석들이 아직 머물러 있다는 증거였다.

나는 차라리 자리를 옮기는 것이 낫겠다고 생각했다. 둘로 갈라진 강줄기를 건너면 건너편 강둑으로 갈 수 있었다. 내가 있는 바위는 길에서 훤히 보이는 곳이므로 꼬마들이 조용히 놔둘 것 같지 않았다.

바위에서 내려온 나는 하류로 내려갔다. 그것이 악동들에게는 후퇴로 보인 게 분명했다. 등뒤에서 야유와 승리의 환호성이 들렸다.

나는 살을 엘 만큼 차가운 물 속을 걸어 첫 번째 강줄기를 건넜다. 어떤 곳은 물이 가슴까지 차올라 나를 사납게 끌어당겼다. 나는 넘어지지 않으려고 안간힘을 썼다. 하지만 젖은 운동화가 너무 미끄러웠다. 주머니에 들어 있는 물고기들은 자기네 본거지가 가까이에 있는 것을 알고 한꺼번에 소란을 피워댔다.

가까스로 섬에 이르렀을 때 멀리서 학교 종소리가 들려왔다. 고개를 돌려보니 악동들이 달려가는 모습이 점점 작게 보였다.

"이런 빌어먹을!"

갑자기 웃음이 터져나왔다. 하지만 눈앞에 유유히 흐르는 강물이 내 화를 식혀주었다. 꼬마들이 사라진 지금, 나는 왠지 도피해온 바위로 되돌아갈 마음이 사라졌다. 나는 계속해서 두 번째 강줄기를 건넜고, 마침내 풀이 돋아 있는 좁은 강둑에 닿았다. 그곳은 너도밤나무와 삼목 숲으로 둘러싸여 있었다. 더 상류 쪽에는 커다란 너도밤나무 한 그루가 강물 위에 수평으로 기울어져 있었다. 흐르는 강물 위에 걸쳐 있는 푸른 나뭇가지가 오히려 편안해 보였다.

근처에 좋은 자리가 눈에 띄지 않자 나는 강물로 들어가 고기를 잡기로 했다. 이미 흠뻑 젖은 터라 거리낄 것도 없었다. 미끼를 걸고 가장 깊은 곳을 눈짐작해 들어갔다.

하지만 낚싯줄을 던지고 기다려도 아무 낌새가 없었다. 할 수 없이 나는 그곳에서의 낚시를 포기하고 강둑으로 올라가려고 했다. 그런데 낚싯줄이 어딘가에 단단히 걸린 것 같았다. 나는 낚시바늘 하나를 버릴 셈치고 힘껏 줄을 잡아당겼다. 한동안 팽팽하게 당겨지던 줄이 '퉁' 소리를 내며 수면 위로 떠올랐다. 바늘은 그대로였다. 걸린 것은 바늘이 아니라 추였다. 이제 추는 더 이상 보이지 않았다.

나는 물 밖으로 급히 빠져나왔다. 시리도록 찬물에 오랫동안 있는 바람에 발가락이 곱아 제대로 걷을 수가 없었다. 여분으로 가져온 추가 없었으므로 길쭉하고 잘록한 자갈을 하나 골라 낚싯줄에 묶었다. 물론 그것이 훌륭한 대용품은 아니지만, 없는 것보다는 나았다. 나는 너도밤나무 가지에 올라앉아 낚시를 해야겠다고 생각하며 상류로 올라갔다. 강바닥에서 미끈미끈한 돌을 밟고 서 있다가 풀밭을 걸으니 기분이 상쾌해졌다. 신발 속에서 물이 질척거렸고, 걸을 때마다 끈이 드나드는 구멍에서 물이 뿜어졌다. 혈액 순환이 되면서 다리도 곧 원래의 온기를 되찾아갔다. 하지만 몸에는 여전히 한기가 남아 있었다. 척추를 통해 한기가 위로 올라올 때마다 몸이 부르르 떨렸다.

나는 군데군데 이끼가 끼어 있는 굵은 밤나무를 타고 위로 올라갔다. 그리고 강물 가운데까지 뻗어나간 가지에 자리를 잡았다. 발 밑으로 깊고 푸른 강물이 빠른 속도로 흐르고 있었다. 나무는 몸 일부

분이 물에 닿는 것을 전혀 개의치 않는 듯 물길에 나뭇잎이 떠다니고 있었다.

깊고 푸른 수면 위로 나무 그림자가 어른거렸다. 새 한 마리가 나를 발견하지 못했는지 바로 옆가지에 앉았다. 할미새 같았다. 새는 주위를 둘러보며 긴 꼬리를 연신 흔들어댔다. 이윽고 나를 발견했는지, 아니 그보다는 내가 살아 있는 생물체라는 걸 알았는지 너도밤나무 잎 사이로 훌쩍 날아가버렸다.

나는 주머니에서 담배를 꺼내 불을 붙였다. 드리운 낚싯대에는 아직 아무 소식이 없었다.

나는 이곳이 정말 마음에 들었다. 게다가 낚시까지 잘되기를 바란다는 것은 무리였다. 송어를 잡겠다는 마음이 조금씩 식고 있었다. 낚시는 이것으로 충분하지 않겠느냐는 생각이 들었다. 나는 낚싯대를 거둔 다음 돌을 빼내 강물에 버렸다. 줄을 감은 낚싯대는 나뭇가지 사이에 얹어놓았다.

나는 정말 이 자리를 떠나고 싶지 않았다. 물고기가 들어 있는 무거운 호주머니를 옆으로 젖혀두고, 햇살이 드는 따스한 나뭇가지 위에 엎드렸다. 잔가지들이 물살에 휩쓸리며 조금씩 흔들거렸다. 빠른 속도로 흘러가는 깊은 웅덩이가 가까이 있다고 생각하자 오히려 마음이 푸근해졌다.

따뜻한 햇살이 내리쬐자 나뭇가지에서는 포도주 냄새가 났다. 젖은 바지에서 김이 모락모락 피어올랐다. 이끼가 뺨을 간질였다. 나무는 기분 좋게 흔들거렸다. 나는 달콤한 졸음에 빠져들었다. 개미 한 마리가 살금살금 내 목 위로 지나갔다.

얕은 잠에 빠져들면서 나는 이전에 이런 평화를 누려본 적이 있었던가 하는 의문이 들었다. 한 번도 나는 이런 평화를 누려본 적이 없었다. 설사 내가 사랑하는 여인과 함께 있다고 하더라도 이처럼 평화롭지는 못할 것 같았다. 여인과 함께 하는 평화란 언젠가 그녀가 말문을 열기 시작함으로써 단번에 깨질 위험이 도사리고 있었다. 설혹 그녀가 말을 하지 않더라도 그럴 가능성은 언제나 내 의식 속에 자리잡고 있으며, 그 불길한 의식은 조만간 현실로 나타날 게 분명하다. 그러므로 지금과 같은 완전한 축복을 경험한 적이 있을 리 없다. 몸을 의지하고 있는 이 나무가 여인 대신 말을 할 리는 없을 테니까.

비몽사몽간에 나는 건너편 강둑에서 바람에 실려오는 휘파람소리를 들었다. 그것은 인간이 아닌 다른 생물체가 내는 소리 같았다. 여전히 잠결에서 나는 어떻게 그 소리가 이처럼 멀리까지 들려올 수 있을까 신기하게 생각했다. 휘파람소리는 몇 번 더 되풀이해 들려왔다.

그때 합창소리가 들렸다. 그러나 무슨 말인지 알 수 없었다. 휘파람소리는 계속해서 들려왔다. 다시 합창소리가 들려왔다. 그 두 가지 소리가 한 곳에서 들려온다는 것을 나는 알아챘다. 그리고 휘파람소리와 합창소리가 몇 사람이 함께 내는 소리라는 걸 알게 되었다.

"차가…… 왔어요!"

비로소 나는 합창소리의 내용을 파악했다. 사실 그 소리를 들었다기보다는 느꼈다고 표현해야 옳을 것이다. 순간 온몸이 무엇에 찔린 듯 놀라며 잠에서 빠져나왔다. 그제야 나는 우리를 태워줄 차가 마을에 도착해서 모두가 함께 나를 찾는다는 사실을 알았다. 나는 낚싯대를 움켜쥐고 나뭇가지에서 황급히 내려왔다.

이제 해는 제법 높이 솟아 있었다. 어느덧 11시는 된 것 같았다. 그동안 나는 시간을 까맣게 잊고 있었다. 순간 나는 그 많은 사람들을 기다리게 했다는 것이 무척 당혹스러웠다. 그들이 나를 두고 떠날까 봐 겁도 났다. 내게는 돌아갈 여비도 없었다. 만약 그렇게 된다면 도대체 어느 세월에 차를 얻어 타고 집으로 돌아갈 수 있겠는가?

얕은 물목을 찾을 겨를도 없이 나는 강물로 뛰어들었다. 첫 번째 강줄기를 뛰다시피 건넜다. 모래 섬을 지나 다시 두 번째 강줄기로 뛰어들었다. 그곳은 강폭이 넓고 얕았다. 나는 넘어지지 않도록 조심하면서 빠르게 물살을 헤치고 앞으로 나아갔다. 몇 번인가 넘어질 뻔했지만, 그때마다 낚싯대를 이용해 가까스로 몸을 지탱했다.

강둑이 가까워지자 물이 점점 더 깊어졌다. 발이 바닥에 닿지 않을 정도였다.

"제기랄!"

나는 투덜거리며 걸음을 멈추었다.

강물의 깊이는 내 가슴 정도밖에 차지 않았으나, 물살이 워낙 거세어 몸이 떠내려가지 않도록 낚싯대로 간신히 지탱해야 했다. 그제야 나는 하류로 돌아가지 않은 것을 후회했다. 강둑까지는 불과 5미터밖에 남아 있지 않았다. 이대로 포기할 수는 없었다.

그렇다고 방금 지나온 곳으로 되돌아가고 싶지는 않았다. 나는 낚싯대에 온몸을 지탱하고 한 걸음 앞으로 내딛었다. 발을 디딜 만한 곳을 확보한 후 다음 발을 옮겨올 작정이었다. 하지만 발을 내딛는 순간 발 밑의 돌들이 물살에 휩쓸려 내려갔다. 순식간에 강물이 적의를 품고 내 주위에서 일렁였다. 나는 더 이상 한 걸음도 앞으로 나아가지 못한다는 것을 깨달았다. 그곳에서 나는 몸을 지탱하는 것만으로도 온몸의 힘을 쏟아부어야 했다.

나는 무서운 속도로 흘러가는 물살을 내려다보았다. 이대로 몸이 휩쓸려 정신을 잃게 되지나 않을까 겁이 났다. 하지만 더 이상 방법은 없었다. 나는 물살을 헤치며 가기로 하고, 강물에 몸을 기울였다. 나는 재빨리 딛고 있는 발을 뗐다. 순간 급류가 내 몸을 낚아채더니 단번에 물 속으로 처박고야 말았다. 내 몸은 차디찬 어둠 속으로 가라앉았고, 수없이 물을 먹었다.

가까스로 수면 밖으로 고개를 내민 다음 안간힘을 다해 발로 바닥을 더듬었다. 무슨 이유에선지 그때까지 나는 낚싯대를 꼭 움켜쥐고 있었다. 이를 악물고 밖으로 빠져나오려는 순간, 물살이 또다시 내 몸을 휩쓸고 지나갔다. 나는 아까보다 더 많은 물을 먹었다. 그제야 나는 낚싯대를 손에서 놓았다. 다시 한 번 몸이 물 위로 떠올랐다. 나는 전력을 다해 몸을 움직였다. 하지만 내 몸은 무서운 급류에 떠내려가고 있었다. 나는 힘이 점점 빠지는 걸 느꼈다. 다행히 나는 강둑에 있는 바위를 간신히 붙잡았다. 하지만 그것을 잡고 밖으로 나올 만한 힘이 남아 있는지가 문제였다.

그러나 적어도 숨을 돌리며 쉴 수는 있었다.

그때 머리 위에서 손 하나가 불쑥 나타났다. 나는 그 손을 잡았다.

그 손은 힘껏 나를 강둑으로 끌어올렸다.

루시크였다. 나는 머리가 어지럽고 기력이 하나도 없었다. 그러나 자갈이 깔린 강둑에 앉자 서서히 정신이 들었다.

"제가 큰 소리로 불렀는데, 못 들으셨어요?"

"전혀 못 들었어."

그가 줄곧 나를 지켜본 것이나 아닌지 모른다. 아마도 그는 방금 강둑에 도착해 손을 내밀었던 것 같았다. 나는 조금 전까지 내가 어떤 곤경에 빠져 있었는지 그가 모르길 바랐다.

"우리는 아까 아침식사를 했어요. 그리고 트럭이 지금 마을에서 기다리고 있습니다."

"그래, 알았어. 잠깐만!"

나는 겨우 몸을 일으켰다.

아직도 기진맥진이었다. 나는 재킷 주머니를 열고 송어를 꺼내 모래밭으로 던졌다. 녀석들은 아직 살아 있었다. 강물이 나를 휩쓸었을 때 녀석들은 기분이 좋았는지 펄떡거리지도 않고 가만히 있었다. 녀석들이 고소해했으리란 생각은 단지 내 상상일지도 모르지만…….

물살에 떠내려갈 때의 기분은 묘했다. 물살이 악의를 품고 끈질기게 나를 끌어당기던 것을 떠올리며, 나는 그 힘이 굉장히 위력적이었다고 생각했다.

담배 생각이 간절했다. 주머니에 손을 넣어보니, 담배가 흠뻑 젖어 있었다. 나는 주머니에 있는 것을 모두 밖으로 꺼내놓았다. 그리고 바지와 조끼를 벗어 물기를 쥐어짜고는 다시 옷을 입었다.

루시크는 나뭇가지에 송어들을 꿰고 난 다음 참을성 있게 나를 기다렸다. 이제 나는 송어들에 대해 무관심해졌다.

잠시 후 우리는 그곳을 떠났다. 루시크가 앞장을 섰다. 싱싱한 송어 꾸러미가 그의 손에 묵직하게 들려 있었다. 송어 등에 나 있는 빨간 반점들이 반짝였다. 오르막길을 오를 즈음, 나는 송어 꾸러미를 내 손으로 들고 가고 싶어졌다. 그러나 나는 루시크의 걸음을 따라잡을 수 없었다.

"그걸 내게 주겠니?"

내가 말했다. 그는 길이 꺾어지는 곳에서 나를 기다리고 있었다.

"괜찮아요. 제가 들겠어요."

한사코 나는 꾸러미를 받아들었다. 그것은 내가 잡은 물고기였다. 내가 잡은 것은 내가 직접 들고 가는 것이 더 적합했다. 나는 답사대원들이 어디에서 우리를 기다리고 있을지에 대해서는 짐작 가는 바가 있었다.

우리가 거리로 나왔을 때, 모두가 트럭에 타고 있었다. 우리를 보는 순간 그들은 환호성을 내질렀다. 그들은 우리가 차에 올라탈 수 있도록 손을 내밀었다. 그때 나는 한 학생이 내 송어 꾸러미를 오만하게 바라보고 있는 것을 발견했다. 그 정도 송어 따위로는 결코 자신을 놀라게 할 수 없다는 태도였다. 그는 아침에 함께 낚시를 한 학생이었다.

"한 마리는 놓쳤어."

나는 누군가에게 송어를 넘겨주며 모두가 들으라는 듯이 말했다.

답사대원들이 송어 꾸러미를 돌려가면서 보았다. 그들은 모두 흥분해 있었다. 나에게 다시 송어가 돌아왔을 때였다. 네 시간 동안 여행할 텐데, 마을에 도착할 쯤이면 물고기가 몽땅 상할 거라고 누군가가 말했다. 그 말은 내 자부심을 산산조각 내기에 충분했다.

"차라리 그걸로 점심 때 생선 수프나 해먹으면 좋겠어요."

그는 이렇게 덧붙였다.

"튀겨 먹는 게 더 낫겠어."

그 말을 받아 다른 누군가가 제안했다.

"튀겨 먹으면 골고루 나눠먹기에 모자라잖아. 수프라면 또 모를까."

또 다른 누군가가 대답했다.

나 역시 이번 여행길이 너무 멀다고 생각했다. 이런 땡볕이라면 더 그랬다. 정말로 송어가 상할까 염려되어서가 아니라 이렇게 훌륭한 송어들을 비참한 몰골로 가지고 간다는 것이 더 마음에 걸렸다.

내가 망설이고 있는 것을 눈치채기라도 했는지, 길쭉하게 생긴 까만 돼지 한 마리가 내게 다가왔다. 돼지는 꽤나 인내심이 있는 척하며 나를 바라보았다. 녀석은 내가 포로들을 어떻게 하려는지를 살폈다.

"식당에나 갖다주는 게 어때요?"

누군가가 말했다.

나는 주위를 둘러보았다. 때마침 식당이 눈에 띄었다. 그 안에서 떠들썩한 사람소리가 들려왔다. 나는 기다리고 있는 돼지를 밀치고 식당 쪽으로 걸어갔다. 텅 빈 식당 안에는 스반인 셋이 술루구니 치즈를 안주로 백포도주를 마시고 있었다. 그들은 거나하게 취한 상태였다.

주인 남자는 그 중 한 사람과 심하게 말다툼을 벌이는 중이었다.

나는 그에게 송어 꾸러미를 내밀었다. 그는 나를 쳐다보지도 않고 송어를 받아들더니 주방으로 가지고 들어갔다. 그리고는 여전히 상대를 호되게 나무라며 다시 밖으로 나왔다. 그는 나를 전혀 의식하지 못하는 것 같았다. 나는 맥없이 식당에서 빠져나왔다. 트럭에 올라탄 학생들의 시선이 한꺼번에 나를 향하고 있었다. 나는 아무 말 없이 트럭에 올랐다.

비로소 트럭은 출발했다. 젖은 옷 때문에 나는 부들부들 떨어야 했다. 누군가가 내 배낭과 큰 빵 조각, 스튜 깡통을 건네주었다. 나는 배낭에 기대어 아침식사를 했다. 슬리핑백에다 감싸둔 탓인지 깡통은 제법 뜨거웠다. 트럭이 흔들릴 때마다 뜨거운 스튜가 쏟아질까봐 나는 조심조심 음식을 먹었다.

학생들이 다함께 노래를 부르기 시작했다. 하지만 노랫소리는 잠시 후 슬그머니 꼬리를 감추었다. 학생들은 행군 중에 배운 노래에 이제 진력이 난 모양이었다.

트럭은 구불구불한 산길을 홀가분하게 달려 내려갔다. 산허리를 돌아가자 가파른 절벽 아래로 흐르는 강물이 나타났다. 강은 좁아졌다가 다시 넓게 펼쳐지고, 갈라졌다가 다시 합쳐지면서 유유히 산허리를 휘감고 돌았다.

내게 미끼로 물고기 알을 건네준 친구와 아침 나절에 본 러시아 소녀, 그리고 내게 돌멩이를 던지던 아이들과 나뭇가지 위에서 얻었던 잠시 동안의 평화들이 한 편의 꿈만 같았다.

나는 나를 휘감았던 무시무시한 물살의 인력을 생각했다. 그러자 몸이 부르르 떨려왔다. 문득 나는 식당의 주방으로 향한 송어들이 어떻게 됐을까 몹시 궁금해졌다.

그러자 강이 더 이상 보기 싫어졌다. 나는 고개를 돌려 짙푸른 숲이 있는 쪽으로 시선을 옮겼다. 갑자기 트럭 위로 따스하고 습기 찬 바람이 불어닥쳤다.

트럭은 계속해서 아래로 아래로 달렸다. 집이 있는 바다에 도착하려면 아직 멀었는데도 나는 벌써부터 바다가 몹시 보고 싶어졌다.

나의 이야기

이제 이야기를 끝낼 때가 됐다. 지금껏 나는 우리가 이야기한 적이 없던 즐거운 일들에 대해 이야기했다. 그것은 우리가 익히 알고 있었지만 쉽게 흘려버리곤 했던 사람의 특성에 관한 이야기다. 사람들은 알게 모르게 자기 본성에 관해 몇몇 재미있는 특성들을 지니고 있다. 이 세상에서 정말로 유쾌한 일들 중 하나는 우리가 알고 있는 사람들의 이상한 습관들에 얽힌 이야기를 하는 것이다.

독자들도 알다시피, 우리가 그들의 이상한 습관들에 얽힌 이야기를 하다 보면 자신이 지니고 있는 약간의 기이한 특성조차 지극히 평범하고, 또 건강하다는 사실을 깨닫게 된다. 그 약간의 기이한 특성이 세상을 살아가는 데 정말로 유익한데도, 우리는 그러한 특이성에 대한 용도를 전혀 알지 못할 뿐 아니라 그것들을 이해하려는 노력조

차 하지 않는다. 결론을 말하자면, 우리는 그러한 특이성들을 발견해 인생에 유용하게 사용할 줄 알아야 한다. 이러한 견해에 대해 독자들은 어떻게 생각하는지 몹시 궁금하다.

인간 본성에서 아주 재미있는 특성들 중 하나는 우리들 각자가 타인들이 자신에게 부여해준 모습 그대로 살고자 한다는 점이다.

지금 나 자신이 경험한 예를 들어볼까 한다.

학교를 다니고 있을 때의 일이다. 어느 날, 학생들에게 해변의 쓸모 없는 땅을 개간해 휴양지로 만들라는 지시가 내려졌다. 여러분들은 그런 지시가 몹시 이상하다고 여겨질지 모르지만, 우리는 그 일을 성공리에 마쳤다.

우리는 집단식목방법으로 유칼립투스 묘목들을 그 땅에 심었다. 집단식목방법은 여러 그루의 묘목을 한 구덩이에 같이 심는 방식으로, 그 당시 새롭게 개발된 식목방법이다. 그런 방식으로 심다보니 나중에는 묘목들이 모자라고 묘목을 심지 않은 황무지가 많이 남게 되었다. 할 수 없이 우리는 남은 구덩이에 묘목을 하나씩만 심었다. 따라서 새롭고 진보적인 묘목심기방법과 구식의 묘목심기방법이 한 곳에서 자유롭게 경쟁하게 되었다. 달리 말하면, 그 묘목들 중 장차 어떤 것이 더 잘 자랄지 그 진가를 보여줄 기회가 자연스럽게 조성된 것이다.

몇 년 후, 그 황무지에는 유칼립투스나무들로 이루어진 아름다운 숲이 만들어졌다. 그런데 묘목을 집단으로 심은 곳과 하나씩 심은 곳을 구별하기가 어려웠다.

사람들은 하나씩 심은 묘목들이 잘 자란 이유를 다음과 같이 설명했다. 즉 그것들은 집단으로 심은 묘목들과 아주 가까이 있어서 질투심이 발동됐고, 그 때문에 스스로 노력한 결과 오늘날과 같이 좋은 결실을 얻었다는 것이다.

때때로 나는 고향을 찾아가 무성한 유칼립투스 숲 그늘에서 휴식을 취한다. 그리고 그 속에서 조물주나 된 듯한 기분에 휩싸이곤 한다.

유칼립투스나무의 성장은 매우 빠르다. 따라서 조물주가 된 듯한 감상에 빠지고 싶은 사람에게는 유칼립투스나무를 심으라고 권하고 싶다. 자신의 머리 위로 한껏 뻗은 나무들과 미풍에 살랑거리는 잎사귀들을 보면서 인생의 여가를 한껏 즐길 수 있기 때문이다.

그러나 그것은 그리 중요하지 않다. 사실 내가 이야기하고자 하는 요점은 우리가 황무지를 개간한 지 며칠이 지난 뒤에 발생했다. 우리는 들것으로 파낸 흙을 옮겼다. 어느 날, 한 소년이 들것을 들고 있는 내 모습을 주의 깊게 지켜보고 있는 것을 알아챘다. 또한 작업을 책임지고 있던 체육선생님도 들것을 들고 있는 나의 모습에 시선을 멈추었다. 나중에는 모든 사람들이 들것을 들고 있는 나를 바라보았다. 어떤 재미있는 일을 찾던 중, 내게서 그것을 찾아낸 듯했다.

들것을 들고 있는 내 모습이 다른 사람들의 모습과 어딘가 모르게

색달랐고, 그것이 그들의 시선을 끌어당긴 것이었다. 즉 그들은 내가 게으름뱅이처럼 들것을 들고 있다는 데 주목했다. 이 일은 나의 모습을 형성하게 만든 최초의 사건이었다. 그리고 이러한 나에 대한 선입견은 그후 줄곧 외길로 치달았다.

이후 발생한 모든 사건들은 나의 모습을 고착화시키는 작업에 모조리 동원되었다. 수학시험을 치를 때 내가 옆 사람 시험지를 보지 않고 조용히 앉아 있으면, 사람들은 그것을 나의 어리석음 때문이라고 생각하는 것이 아니라 천부적인 게으름 때문이라고 생각한다. 러시아어 작문시간에 교과서를 보거나 커닝을 하지 않고 직접 문장을 만들어 쓰기라도 하면, 사람들은 그 또한 나의 게으름 탓으로 여긴다. 하지만 나는 다른 사람의 고정관념을 깨뜨리려고 어떠한 시도도 하지 않았다.

오히려 내 이미지를 보다 잘 보존하기 위하여 당번으로서 마땅히 해야 할 여러 가지 의무를 저버렸다. 사람들도 점차 나의 게으름에 익숙해졌다. 따라서 다른 학생이 당번 일을 하지 않았을 때도 선생님들은 내가 당번 일을 하지 않은 것으로 간주하고 야단쳤다. 때문에 나는 당번이 아닌데도 칠판을 지우거나 물리학 실험기구를 교무실로 옮겨야 했다.

나의 모습이 더욱 명확해짐에 따라 나중에는 숙제마저 포기했다. 그러나 사람들이 나에 대해 완전히 두 손을 들기 전에, 나는 학교생활에서 몇 가지 유익한 결과들을 보여줘야 했다. 그 중 한 가지는 도덕수업이 시작되자마자 책상에 엎드려 조는 척하는 것이었다. 선생님이 야단치면 나는 이렇게 말했다.

"저는 지금 몹시 아픕니다. 하지만 선생님의 수업만큼은 빠지고 싶지 않았습니다."

이 말 덕분에 나는 방과 후 벌을 받지 않았다. 이러한 핑계는 선생님들과 다른 학생들에게 긴장감을 불러일으키기에 충분했다. 그뿐 아니었다. 비록 조는 척했지만 나는 선생님이 이야기하는 것을 주의 깊게 경청했다. 또한 가급적 수업 내용을 모두 기억하려고 애썼다. 새로운 교과 내용에 대한 강의가 끝나고, 시간이 조금 남으면 나는 손을 번쩍 들고 다음 교과 내용에 대해 몇 가지 질문을 했다.

이러한 태도는 교육학적 허영심에 차 있는 선생님들을 아주 기쁘게 만들었다. 자신이 잘 가르쳤기 때문에 학생들이 조는 와중에도 수업 내용을 인지했다고 믿는 것이었다.

그럴 때면 선생님은 출석부에다 나에 대해 '아주 좋음'이라고 적은 다음 수업종이 울리자마자 아주 만족스런 표정으로 교실 문을 나섰다. 하지만 내가 선생님에게 질문한 내용은 '합격!' 소리를 듣는 순간 역도선수의 손에서 튀어나온 역기처럼 내 머리에서 순식간에 뛰쳐나간다는 사실을 아무도 알지 못했다.

좀더 분명히 하기 위해 이야기를 조금 더 첨가해야겠다. 책상에 기대어 잠을 자는 척했을 때, 나는 실제로 잠에 빠져들기도 했다. 그러나 잠을 자면서도 나는 선생님의 목소리를 들을 수 있었다. 훨씬 나중에, 나는 언어습득을 위해 많은 사람들이 나와 비슷한 방법을 사용하고 있다는 걸 알았다. 따라서 내가 언어습득방법의 최초 창시자라고 말한다면 그것은 너무 뻔뻔스러운 주장일까?

얼마 후, 내가 천부적인 게으름뱅이라는 소문이 주임선생님의 귀에도 들어갔다. 그 소리를 들은 주임선생님은 지학실에서 여섯 달 전에 잃어버린 망원경을 훔쳐간 사람이 바로 나라고 지목했다. 나는 그가 이러한 결론에 이른 까닭을 잘 모르겠다. 아마도 그는 거리를 축소해 바라볼 수 있는 것이 망원경이고, 나 같은 게으름뱅이들이 무척 좋아할 물건이라고 추측한 것 같았다. 나는 그 외에 다른 이유를 찾아볼 수 없었다. 다행히 망원경은 나와 상관없는 전혀 엉뚱한 곳에서 발견되었다. 그때도 사람들은 내가 마술을 부려 그곳에 갖다놓았을 거라고 생각하는 것 같았다.

어쨌든 나의 작은 노력이 성공을 거두었는지, 나에 대한 선입견이 조금은 바뀌었다. 사람들은 게으름뱅이가 가져다주는 부정적인 의미와 달리 내가 비교적 착하고 양심적인 게으름뱅이라는 데 동의했다. 즉 내가 비록 게으름뱅이지만 점잖은데다 성적도 꽤 괜찮은 학생이라고 평점을 매겼다.

그래서 선생님들은 그 당시 유행하고 있던 집중교육방법을 내게 적용하기로 결정했다. 이 교육방법은 그동안 학교 교육에서 가시적인 성과를 올리지 못하던 선생님들이 머리를 맞대고 창안해낸 방법으로, 변변찮은 학생 하나를 집중적으로 교육해 빛나는 본보기로 개선시킨다는 내용이었다.

그렇게 되면 다른 학생들이 이 학생을 질투할 것이고, 그 질투심은 학습 열의를 유발시켜 본보기의 학생과 같은 수준에 이를 것이라는 내용이었다. 선생님들은 이 이론의 근거로 유칼립투스 묘목의 성장 사례를 들었다.

이 방법의 효과는 갑작스런 충격을 이 학생이 얼마나 견뎌내느냐에 달려 있었다. 자칫 집중교육의 효과를 맛보기도 전에 이 학생이 한계상황 밖으로 퉁겨져 나가 교육방법 자체에 대해 불신을 갖게 될지도 모르기 때문이었다.

결과적으로 실험은 성공적이었다. 충격들이 완전히 가해지기도 전에, 개량에 성공한 이 학생은 뻔뻔스럽게도 처녀성을 더럽힌 여자처럼 미소를 흘리며 우등생의 위치까지 발을 들여놓았다.

이렇게 되자 선한 시기심이 아닌 진짜 질투심으로 경쟁하고 있던 선생님들은 자신의 출석부에다 열심히 내 진척도를 표시했다. 각 선생님들은 자신들의 교육방법으로 이룬 성공적인 상승곡선이 자신의 과목에서만큼은 깨지지 않기를 바랐다.

그리하여 그들은 대단한 열정으로 내게 달려들었다. 그들의 시도가 있기 전에 이미 내가 상당한 수준에 올라 있는 것조차 그들은 눈치채지 못했다. 그 때문인지 그들은 실험 결과를 면밀히 분석하고 나서 나를 메달 수상 후보자가 될 때까지 훈련시키기로 했다.

"넌 훌륭하게 해낼 거야."

나의 담임인 여선생님이 상기된 표정으로 말했다.

메달 수상 후보자는 평범한 사람들이 근접할 수 없는, 어느 정도

장래가 보장되는 신분이었다. 심지어 선생님들도 메달 수상 후보자를 함부로 다루지 못했다. 이들은 학교의 명예라 할 수 있었다. 따라서 어떤 일이든 메달 수상 후보자의 평판을 손상시키는 행위는 학교의 명예를 위협하는 일과 동일시되었다. 동시에 모든 메달 수상 후보자들은 최소한 하나 이상의 기초과목에서 최상의 성적을 얻어야 했다. 하나 이상의 기초과목에서 최상의 성적을 거둔다는 것은 나머지 과목들 역시 뛰어난 성적을 거둔다는 것을 의미했다.

덕분에 나는 졸업하자마자 학교에서 주는 특별추천장과 장학금을 가지고 모스크바행 기차에 몸을 실었다. 당시 아브하쟈에서 모스크바까지 기차로 가려면 꼬박 사흘이 걸렸다. 기차를 타고 있는 동안 나는 많은 생각을 했다. 나는 다양한 교육 과정 중에서 철학을 공부하기로 마음먹었다. 이는 다음과 같은 경험 때문이었다.

2년 전, 나는 친구와 몇 권의 책을 교환했다. 나는 그에게 코넌 도일의 『셜록 홈스의 모험』을 주었고, 그는 나에게 헤겔의 『미학 강의』라는 책을 주었다. 그전부터 나는 헤겔이 철학자이자 천재라는 이야기를 들은 적이 있었다. 그 이야기는 들은 지 몇 년이 지난 뒤까지도 기억될 만큼 강렬한 인상을 남겼다.

그러나 그때까지 나는 헤겔이 이해하기 어려운 저자라는 소리를 듣진 못했다. 나는 아무 선입견 없이 내가 읽은 것만큼은 거의 이해할 수 있었다. 길고 난해한 단어들로 이루어진 문장들을 접하면, 그 구절을 생략해도 충분히 의미가 전해졌기 때문에 그냥 넘어갔다. 이후 대학에서 공부하게 되었을 때, 나는 헤겔의 책들이 논리적인 핵심

내용들 외에 이상주의적 껍데기를 아주 많이 갖고 있다는 걸 알았다. 나는 내가 대충 넘긴 문장들이 그런 껍데기들일 거라고 생각했다. 헤겔의 저작들에 대한 나의 독서방법은, 실러나 괴테의 운문 인용문이 있는 페이지를 펼쳐놓고 가능한 한 원문에 가깝게 해석하면서 읽는 것이었다. 몇몇 헤겔의 사상은 그것이 지니고 있는 높은 진실의 개연성 때문에 나를 매료시켰다. 예를 들어 그는 우화를 주된 장르가 아닌, 예속적인 장르라 불렀는데 이는 대체로 진실인 것 같았다. 그래서 나는 헤겔의 논리를 기억하고, 이후에도 우화에 대해서는 한참 동안 읽는 것을 기피했다.

어떤 이유에선지 이후 나는 『인생의 미학』이란 책을 더 이상 읽지 않았다. 그 속에 나오는 인용문들을 모두 해석했기 때문인지, 아니면 또 다른 이유 때문인지는 잘 모르겠다. 어느 날, 적절한 순서대로 다시 그 책을 읽어보려 했지만, 결심으로 끝나고 말았다.

그 때문인지 나는 대학에서만큼은 모든 책을 체계적으로 읽어야겠다는 생각이 들었다. 또한 밝은 미래를 찾으려는 인류 행위에 대한 이해의 결여도 문제가 되었다. 결국 이 두 가지 이유 때문에 내가 철학과를 선택하지 않았을까 한다.

모스크바에서 나는 내 단편소설의 배경이 되는 많은 경험들을 했다. 처음에 나는 종합대학교가 아니라 단과대학인 도서관대학에 입학했다. 3년 동안 그곳에서 공부한 후, 나는 다른 사람의 책을 연구하기보다 직접 책을 쓰는 것이 더 흥미롭고 유익할 것이라는 생각이 언뜻 들었다. 그래서 나는 고리키문학대학으로 옮겼다.

이후 나는 지금까지 쭉 글을 써왔다. 그런데 지금에야 깨닫지만, 나의 진정한 재능은 글쓰기보다 발명에 가까웠다고 생각한다. 최근에 사람들은 나에게 유머작가의 역할을 부여하기 시작했다. 본능적으로 나는 그들이 부여해준 모습대로 살려고 노력하는 중이다.

내가 조금이라도 진지한 말을 하려고 하면 독자들은 금세 실망스런 얼굴로 나타나, 어서 공식적인 어투는 끝내고 본연의 자세로 돌아오라고 재촉한다. 어떤 때는 내가 진지한 말을 하는 것이 나중에 이끌어낼 재미있는 이야기를 한층 더 재미있게 하려는 의도로 독자들은 받아들인다.

특별한 일이 없으면, 나는 거의 매일 방구석에 파묻혀 지낸다. 게걸스럽게 종이를 먹어치우는 조그만 '콜리브리' 타자기에 용지를 끼워놓고 글을 쓰거나 글을 쓰고 있는 척한다.

내 타자기는 일시적인 투덕거림이 있은 후 긴 침묵으로 빠져드는 일이 잦다. 나의 가족은 글쓰기에 좋은 조건들을 만들어주는 것처럼 보이도록 애를 쓰고, 나 또한 그들의 기대대로 글쓰기를 아주 잘하고 있는 것처럼 보이려고 애쓴다. 사실 타자기 앞에 앉아 있는 동안 나는 뭔가를 발명하고 있거나 거실에 있는 전화기소리를 듣는다. 따라서 전화벨이 울리면 맨 먼저 뛰어나가 수화기를 드는 사람은 바로 나다.

내 딸 역시 전화기 울리는 소리를 듣고 있다. 만약 딸이 먼저 전화기가 있는 곳에 도착하면 그 작은 주먹으로 전화선을 단숨에 떼어놓곤 한다. 딸은 이것을 무척 재미있는 놀이라 생각하고 지금까지도 늘 나와 경쟁한다.

수없이 많은 나의 발명품들 중에서 두 개의 발명품만 여기서 언급하겠다. 하나는 '영적인 활동을 자극하는 도구'(영혼을 부르는 전자파 전달장치)이고, 다른 하나는 '충격으로 장모를 고립시키는 방법'이다. 이 발명품들은 파블로프의 조건반사와 무조건반사 이론에 근거하고 있다.

'영적인 활동을 자극하는 도구'는 겉모양이 전통적인 전기면도기와 비슷하다. 이것을 사용할 때 가장 어려운 점은 어떤 사람의 영혼이 정확히 어디에 있는지 찾아내는 일이다. 한 인간의 유기체 속에서 영혼이 위치하는 곳은 분명 개인의 성격과 기질에 달려 있다. 영혼은 간에 있을 수도 있고, 쓸개에 있을 수도 있다. 믿지 못하겠지만 우리의 영혼은 맹장에 있을 수도 있고, 심지어 발뒤꿈치에 있을 수도 있다. 고대 희랍인들도 이를 어느 정도 눈치채고 있었던 듯하다. '아킬레스건'이라는 표현은 바로 여기서 유래한 것일 테니까. 알다시피 두뇌에서 가장 멀리 떨어져 있는 부분이 발뒤꿈치다. 만약 이곳에 영혼이 깃들여 있다면, 그 거리가 인간 육체의 가장 역동적인 기관인 영혼과 두뇌의 대화를 매우 어렵게 만든다. 따라서 시간이 흐름에 따라 이것은 '만성적인 정신적 평발증'이라고 알려진 지식인의 병으로 전이된다.

불행히도 나의 이 도구는 여러 사람들 사이에서 폭넓게 사용되지 못하고 있다. 그 이유는 우리가 흔히 사용하고 있는 전압량이 이 기구에 적합하지 않기 때문이다.

 이와 반대로 '충격으로 장모를 고립시키는 방법'은 광범위하게 사용되고 있다. 이 방법이 아주 단순하면서도 실질적인 효용성이 있기 때문이다.

 물론 이 방법을 사용하려면 장모가 있어야 하고, 아이가 하나쯤은 있어야 한다. 우리 가정에서 양육에 관한 문제, 특히 아이를 먹이는 일은 장모의 손에서 이루어지는 경우가 많다. 따라서 장모는 아이의 먹는 일에 대해 지나칠 정도로 애정을 쏟을 것이고, 때문에 아이는 음식에 대해 극렬한 혐오감을 표현하게 된다.

 어느 날 아침, 당신의 장모가 자신만만하게 아이 옆에 앉아 밥이나 그와 비슷한 종류의 음식을 끈질기게 먹이는 장면을 목격하게 될 것이다. 당신은 식탁 다른 편에 앉아 두 사람을 조용히 바라본다. 때때로 당신은 적절하게, 그러나 아무 생각 없이 아이의 행동을 따라한다. 아이가 입을 벌리면 당신도 입을 벌리고, 아이가 음식물을 삼키면 당신도 삼키는 시늉을 한다. 저항 행위는 아무 소용이 없다는 투로 말이다.

 당신의 아이는 잠시 후 당신의 행동을 의식할 것이다. 하지만 아이는 당신이 왜 이런 행동을 취하는지를 모른다. 하지만 한 가지 사실만큼은 이해할 것이다. 아이는 당신의 행위가 이 식탁에 군림하고 있는 어떤 폭군에게 저항하는 것으로 여기는 것이다. 아이(아들이거나 딸)는, 한 번은 당신을 쳐다보고 한 번은 폭군을 쳐다본다. 만일 폭군이 입술을 굳게 다물고 당신의 행동을 못 본 척한다면(대개 그녀들은 옆에도 눈이 달려 있어 어느 시점부터는 당신이 취한 행동을 모두 알고 있다), 아이는 그녀가 당신의 행동을 쳐다보도록 떼를 쓴다.

그러면 당신의 장모는 신경이 극도로 예민해져 당신을 돌아볼 것이다. 그녀의 표정은 당신에게 교육적으로 질책하는 것처럼 보이지만, 그 가면 뒤에는 트로이의 증오심이 가득 숨어 있다. 이러한 시선에 대해 당신은 슬픈 얼굴을 하고 금방 복종하는 태도를 취하면 된다. 또한 당신은 어떤 것도 요구하지 말 것이며, 단지 어깨를 한 번 으쓱해 보이고 처음처럼 그저 두 사람을 지켜보고만 있으면 족하다. 그것만으로도 효과는 서서히 나타난다. 긴장된 분위기가 서서히 고조되는 것이다.

그녀의 가공할 만한 위협과 암묵적인 협박이 끝나면 또다시 저주스러운 한 숟갈의 먹이가 아이의 목구멍으로 밀려들어가게 될 것이다. 그때 당신은 아주 조용하고도 불확실한 목소리로 이렇게 말한다.

"애가 싫다면 그만 먹이죠?"

순간 장모의 얼굴은 분노로 일그러진다. 그 다음에는 마치 역모를 꾀한 아들을 노려보는 피요토르 대제의 표정으로 당신을 노려볼 것이다. 그러나 그녀가 원기를 회복할 수 있는 시간은 여전히 남아 있다. 따라서 당신은 그런 기회를 원천적으로 봉쇄할 각오를 해야 한다.

"더 이상은 안 돼요. 애가 먹겠다고 할 때만 먹여야지요."

당신은 장모가 전혀 화낼 필요 없다는 듯이 말한다. 연이어 이렇게 말하라. 이것이 마지막 말이 될 가능성이 높다.

"애들이란 먹고 싶을 때만 먹잖아요."

바로 여기에서 당신의 장모는 기절한다. 당신은 재빨리 그녀를 안고, 그리고 조심스럽게—여기에서 어떤 사람들은 다소 거칠어지기 쉽기 때문에 나는 '조심스럽게'라는 단어를 강조하고 싶다—침대로 옮긴다. 이제 당신은 저녁식사 시간이 될 때까지 조용히 당신 일을 할 수 있다.

그뒤 나는 이 방법을 발명해 대중화시킨 것을 후회했다. 나는 완숙되지 않은 사상을 대중들 속에 퍼뜨렸다는 도덕적인 책임감을 통렬하게 느껴야 했다. 장모에 대한 무차별적인 혐오가 모든 문제를 비역사적으로 해석하는 오류를 초래하고 만 것이다. 역사의 현 단계에서 사실 장모는 가족생활의 가장 진보적인 역할을 담당한 장본인이 아니던가?

사실상 장모는 우리의 진정한 아내이기도 하다. 우리에게 식사를 제공해주고 집안을 돌보는 사람은 다름 아닌 장모다. 또한 우리의 자식들을 키우고 동시에 삶을 슬기롭게 영위하는 방법을 가르쳐주는 사람도 장모다. 그리고 이것도 모자라 그녀는 사랑의 감미로운 쾌락을 제공하기 위해 자신의 딸을 우리에게 준다. 이런 장모보다 더 고귀하고 자기 희생적인 사람이 어디에 있단 말인가? 분명 그녀는 우리의 진정한 아내이며, 적어도 별실의 부인들 가운데 최고참 부인이라 할 수 있다.

다른 발명품들 중에서 한 가지를 더 이야기하고 싶다. 그것은 유머에 관한 것이다. 나는 이 문제에 관해 가치 있는 정보를 많이 가지고

있다. 훌륭한 유머감각을 지니려면 어떤 태도를 취해야 하는지도 그 중 하나다. 그 해답은 그리 어렵지 않다.

먼저 극도의 절망상태에 이르러 그 무시무시한 심연을 바라보라. 그리고 거기에서 아무것도 없다는 것을 확인한 후에는 다시 조용히 자기 자리로 돌아오라. 진정한 유머는 절망의 구렁텅이에서 우리가 다시 길을 떠나온 발자국이다.

• 편집자의 군말

일상 속 발견, 그 감동

파질 이스깐데르는 그루지아(구 소련의 일부)의 산문 작가로 널리 알려져 있다. 그는 강한 민족주의 정신을 바탕으로, 단순하고 따뜻한 유머를 사용해 사회를 풍자하는 리얼리즘 기법을 주로 사용했으며, 아브하쟈와 그루지아 국경지방이 그 주요 무대다.

이스깐데르의 단편 소설집을 읽으면서 누구나 가장 먼저 떠올리는 것은 문학 장르에 대한 인식 전환의 필요성이다. 20세기 후반, 내부적·외부적 환경 변화에 따른 현대 문학의 위기의식은 이데올로기적 관점에서 숱한 논의에 논의를 거듭한 끝에 대안 부재의 혼미 양상을 띠더니 어느덧 몰가치적이고 말초적인 쾌락을 추구하는, 변이적인 문학 형태로 치닫고 있다. 물론 그 틈새로 인간과 자연이라는 거대한 틀 속에서 인간의 총체적인 문제에 대한 진지한 모색도 함께 찾아볼 수 있다.

그런데 이스깐데르의 소설을 읽는 동안, 문학에 대한 총체적이고 관념적인 틀은 금세 산산조각 나고 만다. 그의 소설은 하나같이 급류를 타거나 폭풍우가 몰아치는 아슬아슬한 높낮이는 없지만 유유히 흘러가는 강물처럼 읽는 이를 편안하게 해주는 매력이 넘쳐흐른다.

그것을 수필적인 소설이 갖는 장점이라고 갖다붙일 수도 있지만, 왠지 그런 억지스런 말을 하고 싶진 않다. 물론 이 소설들은 우리와는 너무나 다른, 생소한 문화권을 바탕으로, 시간적으로도 너무나 동떨어져 있는 시대에 쓰여졌다.

그럼에도 추억처럼 잡힐 듯 말듯 아련하게 떠오르고, 다정다감한 우리의 이야기처럼 와닿는 까닭은 무엇일까.

그 힘은 바로 '자유'로운 글쓰기다. 그 속에는 문학적 장르에 구속받지 않겠다는 작가의 의지와 인간과 자연을 너그럽게 감싸안는 여유로움을 극대화하는 잠재력이 숨쉬고 있다. 나아가 일상 속에서 누구나 찾을 수 있고, 누구나 마음속 깊이 그리워하는 것들을 간파하는 작가의 주도면밀함도 그 궤를 함께 한다. 이스깐데르는 소설을 '독자와 이야기하는 것'이라고 생각한다. 그리고 그 내용은 '우리가 알고 있는 사람들의 이상한 습관들'이다. 즉 일상적인 삶 속에서 잊혀져가고 있는 인간관계를 재발견하고, 독자들 개개인 속에 내재해 있는 삶의 건강성을 드러내고자 하는 것이 이스깐데르의 글 쓰는 목적이다.

이스깐데르는 한마디로 이야기꾼이다. 그는 소설이 지니고 있는 '재미'와 인간 공동체의 바람직한 유지를 위한 공동체의 '대화'를 동시에 추구한다. 그런 점에서 그는 지금껏 '유머 작가'로 더 널리 알려져 있다.

　공동체적 사고의 퇴보와 개인주의적 삶의 우위라는 사회적 틀 속에서 살고 있는 오늘날, 문학의 정체성 극복이라는 숙제 앞에서 문학이 전해줄 수 있는 감동과 진실을 다시금 맛보고 싶은 이들에게 이 책을 권하고 싶다.